ZONE DE LARGAGE

ESCOUADE SEVER

TOME 1

A.R. KNIGHT

LE COMMANDANT

Il l'avait appelée par le mauvais nom. Deux fois. Alors Aurora avait levé la main et l'avait violemment abattue sur le visage de l'imbécile. La peau ondula comme lors d'un tremblement de terre là où sa paume avait mordu sa joue. Ses yeux s'écarquillèrent et sa bouche se tordit en une ligne irrégulière, comme si tous les nerfs de sa tête ne pouvaient comprendre ce qui venait de se passer. Puis il s'effondra. Tomba au sol comme une bombe. Une bombe qui plongea le réfectoire dans un silence assourdissant.

— Je m'appelle Aurora. Tâche de t'en souvenir, dit-elle, même si l'homme, au vu de son regard vitreux, ne s'en souviendrait certainement pas.

Aurora lança la même menace à travers la salle. Une bande de bleus. De nouvelles recrues pour DefenseCorp. Ils la regardaient comme si elle était un Gnarler, tout en tentacules et en dents. Ils avaient peur. Et ils avaient raison.

Aurora les observa, les coudes posés sur les tables d'acier. Des plateaux remplis de soupe nutritive. Les recrues étaient de toutes les couleurs, de tous les types. Même quelques E.T. dans le lot. Un trio de Caspariens élancés, leurs fines membranes les rendant presque translucides.

DefenseCorp devait élargir ses horizons. Faire du marketing auprès d'espèces qui ne se reproduisent pas comme des lapins, contrairement aux humains. Les convaincre qu'un salaire bien mérité et un gros canon valaient la peine de risquer sa vie. Pas le pire des messages.

Ça avait marché sur elle.

— Vous voyez ce qui est arrivé à ce type ? lança Aurora dans le silence. Il n'a pas respecté son supérieur. Il ne m'a pas respectée. Et quand vous ne me respectez pas, vous ne respectez pas votre employeur. Et si vous ne respectez pas DefenseCorp, voilà ce qui arrive.

Elle pointa du doigt le corps au sol.

Une autre raison pour laquelle elle aimait travailler pour DefenseCorp ? Ce type qui décorait le sol ici même. Aucune de ces réglementations gouvernementales standard. Juste la bonne vieille loi du plus fort. Et des salaires plus élevés aussi.

Aurora reprit sa marche. Laissant derrière elle la salle et la nourriture dont elle ne voulait pas. Aussi amusant que ce fût de terroriser les bleus, elle ne faisait que traverser le réfectoire en chemin vers un endroit plus important : la passerelle.

Le croiseur de classe Odin *Nautilus*. Le foyer de près de 200 000 personnes. Fait à partir du noyau d'un astéroïde, évidé, raffiné et envoyé en mission vers les parties les plus dangereuses et les plus rentables de la galaxie que Defense-Corp pouvait trouver. Partout où le chaos plantait ses graines, DefenseCorp arrivait prête à tuer et à nettoyer, pour le bon prix. L'entreprise que la galaxie payait pour s'occuper du sale boulot, pour nettoyer les dégâts.

Aurora jeta un coup d'œil à son bracelet en

marchant — un geste facile, puisqu'il était fixé à son poignet gauche. Implanté, si on voulait l'appeler ainsi. De cette façon, ils ne pouvaient pas être perdus. De cette façon, les batteries, si nécessaire, pouvaient se recharger grâce à sa propre chaleur corporelle. Aurora le gardait en mode basse consommation peu importe la durée de ses sorties. Jusqu'à sa mort, en tout cas.

Le bracelet clignotait d'une alerte orange. Comme il le faisait depuis dix minutes. Le temps qu'il avait fallu à Aurora pour aller de ses quartiers au réfectoire, assommer l'imbécile, et arriver ici.

La passerelle du *Nautilus* était plus grande que la plupart des stades. Un espace immense, pour un nombre immense d'officiers. Des scanners, des ordinateurs, d'énormes dômes où les gens s'asseyaient pour fournir des modèles 3D de tout ce qui se passait. En ce moment, cependant, le *Nautilus* était en transit. Ce qui signifiait que la vue depuis l'avant du vaisseau n'était que du noir, des étincelles étoilées estompées par les lumières intérieures bleu-blanc. Sur la droite, une nébuleuse rosâtre brillait. Jolie, si on avait le temps pour ce genre de choses.

— Tu en as mis du temps, dit le commandant Deepak. L'homme se tenait droit. Moulé dans une combinaison dermique qu'il ne quittait jamais. Que tous les commandants de DefenseCorp devaient porter comme insigne de leur rang. La voir faisait démanger Aurora dans son uniforme en tissu standard.

Une combinaison dermique offrait les conforts habituels. Elle régulait la température corporelle de Deepak, tuait les poisons qui pénétraient dans son sang, et ressemblait comme par hasard à un élégant uniforme cramoisi. Le col frôlait le bas du menton de Deepak, un menton sombre sans un micromètre de poil.

— J'ai essayé de me dépêcher, mais quelqu'un s'est mis en travers de mon chemin, répondit Aurora sans prendre la peine de hausser les épaules. Deepak savait que tout obstacle avait été écarté.

— Ce n'est pas grave, dit Deepak. Je t'ai appelée parce qu'il y a vingt minutes, nous avons reçu un SOS confidentiel. Client VIP, donc c'est du besoin d'en connaître. Ton escouade est retirée de notre mission principale pour s'occuper de celle-ci, et nous sommes presque au point de largage. Ton escouade est-elle prête ?

— J'ai lu le message, dit Aurora. L'Escouade Sever sera prête à être déployée à l'heure.

— Et toi ? répliqua Deepak. Tu es au clair sur les détails ?

— C'est une mission standard pour Sever, non ? dit Aurora. On entre, on fout un bordel sanglant, puis on sort ?

— Avec le client, oui, sourit Deepak. Un avertissement cependant — vous n'aurez pas d'extraction. Nous ne pouvons pas retarder notre contrat principal.

Pas d'extraction ? Ça ne sonnait pas juste. Occasionnellement, Sever faisait un largage et une course. Mais cela signifiait simplement que l'extraction serait retardée. Sever tiendrait bon, attendrait sous couverture après avoir accompli la mission et finalement une navette ou une autre apparaîtrait et leur donnerait un tour de retour à la maison. Mais Deepak ne parlait pas de ça. Elle pouvait le dire à sa voix, qui avait une note finale.

— Que voulez-vous dire ? Aurora faillit ajouter *monsieur*, mais ce n'était pas l'armée. On n'avait pas à donner de titres à ses officiers supérieurs. Ils n'étaient même pas vraiment des officiers. Juste des patrons.

— Cela signifie que vous devez trouver votre propre moyen de quitter la planète, dit Deepak. Ce contrat est strictement classifié. Nous ne pouvons pas laisser de preuves que DefenseCorp était impliquée.

— Cela ne sera-t-il pas assez évident ? Mon escouade n'opère pas dans l'ombre.

— Tu es la meilleure, Aurora. C'est pour ça que tu reçois cette mission. Toi et Sever, vous vous débrouillerez. Achetez une navette, ou volez-en une. Vous serez remboursés.

Et s'ils ne pouvaient pas ?

Aurora ne posa pas la question, car elle connaissait la réponse.

[2]

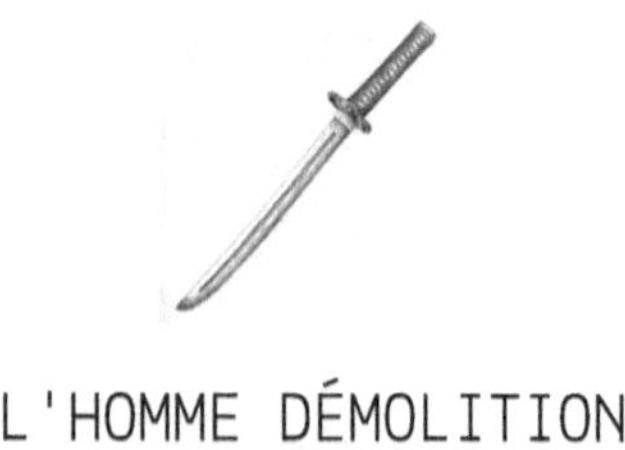

L'HOMME DÉMOLITION

Le problème avec les simulations, c'était que les bombes ne semblaient pas réelles. Sai s'adossa sur le lit de camp. Il fixa le mur de sa cabine, une dalle de verre noir faisant office d'écran d'ordinateur, où défilaient des statistiques. Le mélange chimique que Sai avait concocté n'atteignait pas tout à fait la température nécessaire pour trancher l'acier dur. Et si la détonation ne pouvait pas faire ça, alors toute l'idée ne valait rien. Il leva le poing, prêt à frapper son bureau, puis s'arrêta. Allons. Frapper les choses ne résolvait jamais le problème.

Enfin, pas les problèmes informatiques.

Sa cabine était composée pour moitié d'un lit de camp, pour un quart d'un casier, et pour un quart d'un écran. Son lit frôlait la lueur de l'écran. Sai se laissa tomber sur le matelas. Des couvertures dures et rugueuses. Un oreiller. Quand ceux-ci ne suffisaient pas, une petite bouche d'aération était reliée au mur latéral. Les gens avaient du mal à dormir sur un vaisseau de cette taille, avec tout ce bruit. Quelques respirations profondes de la bonne substance et Sai s'endormirait jusqu'à ce que l'alarme de sa chambre, reliée à son lit, le réveille en sursaut au bon moment. Le gaz avait aussi tendance à tuer les cauchemars, un plus étant donné la fréquence à laquelle les anciennes missions de l'Escouade Sever se rejouaient dans ses rêves. Pas besoin de revoir la plupart d'entre elles. Jamais.

Sai aurait pris une bouffée sur-le-champ, mais son ordinateur de poignet s'est mis à clignoter. Une lumière verte. Pas de message entrant, donc, mais un ordre. Plus excitant que le sommeil, au moins.

Sai se recroquevilla et se retourna sur son lit de camp, glissa ses jambes sur le côté et ouvrit son casier d'une pression de la paume sur la porte. La fine porte peinte en cramoisi glissa, révélant l'armure standard de DefenseCorp. Des plaques de métal nervurées constituaient le cœur de la combinaison. Peu pratique, mais les plaques protégeaient Sai de presque tout. Une dissipation de chaleur intégrée pour répartir l'énergie chaude d'un laser autour de son corps puis l'évacuer par l'arrière. Suffisamment efficace pour que les seules choses qui puissent vraiment blesser Sai soient des faisceaux concentrés ou des couteaux à bout portant. Des choses qui pouvaient se faufiler entre ces plaques.

L'armure compensait son poids par des propulseurs fixés aux pieds, aux jambes, au dos et aux bras. Chaque mouvement de Sai bénéficiait d'une poussée supplémentaire des engrenages de la combinaison, faisant de Sai une sorte de super soldat, bien qu'il puisse être rapidement rendu inutile si sa technologie tombait en panne. De plus, ces fichus trucs puaient vraiment une fois qu'on y avait passé plus de quelques heures.

Mais cette lumière verte clignotante ne lui laissait pas le choix. Chaque fois qu'il la voyait, cela signifiait y aller, et y aller fort.

Sai tendit les bras et plaça une main dans chacun des

gants de la combinaison. L'armure sentit le geste et bondit hors du casier vers lui. Les trois premières fois que Sai avait fait ça, il était tombé à la renverse sur le lit de camp, l'armure s'effondrant sur lui. Pas très digne, et certainement inconfortable. Finalement, il avait appris à caler ses jambes, à attacher les différentes pièces de l'armure pour s'assurer de ne pas perdre l'équilibre. De la même manière qu'il avait appris à tirer avec une arme. De la même manière qu'il avait cessé d'avoir peur.

La répétition rendait l'inhabituel habituel.

Les lattes de métal coururent le long de ses bras et de ses jambes. La combinaison s'ajusta à son torse et avant que Sai n'ait eu le temps de prendre une respiration, le casque glissa sur sa tête. La visière s'abaissa devant ses yeux et s'illumina. L'armure se connecta à son bracelet et, en un instant, tout son corps ne fit plus qu'un avec l'équipement d'assaut le plus coûteux de la galaxie.

Un affichage apparut sur la visière devant ses yeux. Des lectures rapides des opérations du système. L'état de la combinaison, son niveau d'oxygène, sa température, sa tension artérielle.

Une autre chose apparut aussi. Ce que Sai cherchait toujours en premier. Cinq sur cinq. Toute son escouade s'équipait et se préparait. Cela signifiait que ce n'était pas une erreur. L'Escouade Sever avait reçu un ordre.

C'était l'heure d'y aller.

Avant de quitter ses quartiers, Sai se retourna, une tâche ardue dans l'armure, et un mouvement qui faillit le faire tomber sur son propre lit. Il se pencha et effaça, d'un geste, les données sur la bombe. Puis il fixa brièvement ce qui remplissait l'écran. Une vidéo. Un flux direct vers sa femme, son fils et sa fille. Évidemment pas en direct — ce genre de données mettait longtemps à traverser ces années-lumière — mais Sai la gardait en streaming jusqu'à ce que de nouvelles images arrivent. Elle se rembobinerait au début si Sai n'avait rien de nouveau à voir.

Tous les trois mangeaient dans la cuisine cette fois-ci. Un vrai petit-déjeuner, pas la bouillie vitaminée que DefenseCorp leur servait ici. Autour d'une table circulaire en pierre blanche — Maria l'avait achetée avec la dernière prime de DefenseCorp de Sai — dans une maison sans fenêtres en verre. La jungle à l'air libre laissait l'étoile jaune de la planète jeter un coup d'œil depuis l'extérieur. Paisible, calme. Normal. Sai ne l'avait jamais vu, et pourtant il y vivait chaque minute qu'il passait dans cette pièce.

La vidéo vacilla, revint au début. Puis Sai l'effaça aussi.

L'HEURE DU MARTEAU

Ça ne vieillissait jamais ; marcher lourdement dans le couloir et regarder tous les novices et les gens qui ne savaient pas mieux sauter hors de son chemin. Chaque pas faisait sentir Gregor comme un béhémoth, un boulet de démolition. Les avantages du pouvoir n'avaient jamais été plus évidents.

Gregor observait les panneaux de chaque côté en avançant ; du métal statique quand personne ne passait, mais dès qu'il y avait du mouvement, les panneaux s'allumaient. Croisez leur regard et ils vous montreraient vos ordres actuels. L'itinéraire le plus rapide vers votre destination. Tout ce que vous pouviez imaginer. C'est pourquoi les gens traînaient dans les couloirs quand ils s'ennuyaient. On pouvait voir ce qu'il y avait d'autre à faire. Où l'on devait se rendre.

Ce qui signifiait que Gregor avait des cibles. En marchant, vêtu de sa combinaison vert-gris tachetée, il mimait le fait de pulvériser tous ceux qu'il croisait. Occasionnellement, il donnait un coup, sans jamais vraiment toucher. Tout le monde criait, se baissait ou plongeait hors de son chemin.

— Gregor, reprends-toi, la voix d'Aurora résonna dans le système de communication de son armure. J'essaie d'enfiler ma combinaison et mon communicateur explose de plaintes. Je n'ai pas le temps pour ces conneries.

— Il faut que je maintienne ma réputation, répondit Gregor.

Le passage à travers le *Nautilus*, des quartiers de l'Escouade Sever à leur baie d'amarrage assignée, était court. Cinq minutes ou moins de temps de transition. Intentionnel. Alors quand Gregor arriva, les portes coulissantes de la baie le scannant à travers un œil rouge au sommet de la porte, il fit une pause un moment, surpris d'être le premier. À l'intérieur de la baie se trouvait leur navette de largage. Gregor vit la rampe d'embarquement déjà baissée et réalisa qu'il avait tort. Là, dans le cockpit, détendue et regardant droit devant elle, Eponi était assise dans sa combinaison rouge rosé. Il se doutait bien qu'elle serait là.

Eponi vivait pratiquement dans ce truc.

Ce qui, Gregor s'en rendit compte, il y vivrait probablement aussi s'il le pouvait. Ils ne lui feraient pas confiance avec quelque chose comme la navette cependant. Trop d'armes. Ce serait trop facile d'oublier de voler avec tant de choses avec lesquelles jouer. La plupart des missions de DefenseCorp étaient ce que Deepak, leur patron, appelait des « environnements riches en cibles ». Avec tous ces tirs, Gregor ne remarquerait même pas quelqu'un à ses trousses.

Sans même y penser, il tendit la main derrière son dos. Il sentit le manche froid en métal de sa passion. Le marteau s'étendait sur plus d'un mètre de long. Plus que capable, avec sa tête ronde, d'enfoncer des portes en acier. De plus, il était équipé d'une batterie activée par le mouvement qui, après quelques balancements, pouvait ajouter suffisamment de puissance pour vous propulser dans la stratosphère.

Quelqu'un le bouscula en se faufilant.

— Tu n'as jamais essayé d'être poli ? dit Gregor. Le nouveau gamin était dans sa combinaison bleu océan. Petite, originale. Le genre de truc qui ne ferait pas peur à une mouche.

— Tu n'as jamais appris à bouger ? répliqua le gamin.

Rovo, c'était le nom du novice. Gregor avait déjà oublié qui le gamin remplaçait. Les corps allaient et venaient. Si tu survivais à quelques missions, alors peut-être que Gregor se soucierait assez pour apprendre à te connaître. Peut-être.

— Seulement pour les gens qui le méritent, répondit Gregor.

— Monte dans cette navette, ou tu mériteras bien pire, la voix d'Aurora vint de derrière eux.

Gregor se retourna et vit qu'elle ne le regardait pas vraiment. Elle avait les yeux qui parcouraient les informations sur sa visière comme toujours. Surveillant les progrès de l'escouade. Sa combinaison noir et blanc poivrée étincelait. Toutes leurs armures commençaient propres et brillantes, finissaient dégoûtantes et criblées de marques de brûlures. Gregor savait laquelle il préférait.

Voir le gamin et Aurora debout là, ne le regardant même pas, fit tressaillir Gregor. Ce n'était pas comme si Gregor voulait étrangler sa commandante sur-le-champ. Ce n'était pas comme s'il voulait écraser Rovo. Mais en même temps, les os de Gregor étaient prêts. Une fois qu'il s'était bien motivé, il avait besoin de commencer à frapper, sinon tout serait gâché.

— On largue bientôt ? dit Gregor.

Aurora leva les yeux vers lui. — Comme je l'ai dit. Tu montes dans cette navette, et on y va.

Gregor haussa les épaules. Très bien. Il se retourna et grimpa la rampe qui menait à l'intérieur exigu. Des sièges gris durs, des filets de sécurité et des harnais. Des étiquettes placardées tout autour détaillant les procédures d'urgence, bien que tout le monde sache que si vous aviez une urgence dans une navette comme celle-ci, vous étiez probablement mort. Au moins, chaque siège avait un levier à côté qui, s'il était tiré vers le bas, couperait les connexions du filet pour qu'ils puissent sortir en un éclair. Faire un dernier plongeon glorieux dans le ciel si cette navette allait s'écraser.

Gregor ne l'avait tiré que trois fois. Deux fois, c'était même nécessaire.

Il prit un siège, s'attacha. Fixa du regard l'horloge du compte à rebours. Trois minutes. Cent quatre-vingts secondes pour grincer des dents et attendre.

[4]

PILOTE DE MANCHE

Elle activa le frein à bascule, faisant dévier le kart aquatique vers la droite pour contourner le gros rocher de grès au centre du parcours. C'était un nouvel obstacle que les propriétaires avaient dû placer après la course sans décès de l'année dernière.

Cela avait presque pris Eponi par surprise. Et, à en juger par le nuage de feu dans son rétroviseur, quelqu'un d'autre n'avait pas réussi à l'éviter.

Il restait encore deux coureurs devant elle, leurs karts aquatiques fendant l'eau tandis que chacun jouait avec le vent et les vagues pour prendre l'avantage, leurs microjets les maintenant juste au-dessus des flots.

Aucune chance pour Eponi de les rattraper.

Pas si elle jouait selon les règles.

Une barge flottante, couverte de spectateurs, se profilait à l'horizon. Un dôme au-dessus diffusait les flux vidéo de la course captés par des drones aériens, laissant les côtés de la barge dégagés pour une vue directe. La plupart des gens devaient être en train d'acclamer, de boire, de faire la fête — la course n'étant qu'un arrière-plan.

Le parcours, délimité par des bouées lumineuses de chaque côté, se séparait autour de la barge. Du moins, la partie visible le faisait. Eponi coupa ses microjets, et son kart plongea dans l'eau. L'habitacle en verre la maintenait au sec alors qu'elle s'enfonçait sous la surface. Eponi redirigeait l'énergie vers son ventilateur arrière pour contrer la résistance de l'eau, accéléra et fila le long du courant sous la barge flottante. Avant d'en sortir, Eponi réactiva ses microjets. Elle jaillit à la surface et s'élança dans les airs juste de l'autre côté. Les deux coureurs qui la devançaient étaient maintenant à peine derrière elle.

Eponi ne pouvait pas entendre les acclamations, mais elle était sûre de les avoir méritées. Quant aux deux autres karts, ils n'avaient plus de parcours à courir. Les bouées orange vif qui marquaient l'arrivée étaient juste—

— Eponi ?

La vision se brouilla. Puis la vidéo de son casque s'estompa pour révéler le pare-brise transparent de la navette de largage et, au-delà, la coque extérieure statique du *Nautilus*. Pas de course. Pas d'acclamations.

Seulement des souvenirs.

— Tu pensais à autre chose ? dit Rovo. Le petit gars grimpa dans le cockpit à côté d'elle. Un siège à deux places. Normalement, Aurora prenait l'avant avec Eponi ici, mais dans un secteur inconnu ? Il fallait quelqu'un capable de parler peu importe qui répondrait, même s'il s'agissait d'un bleu.

— De meilleurs jours, répondit Eponi.

— Vraiment ? Tu ne me connaissais pas à l'époque. La voix de Rovo était plus grave qu'on ne l'aurait pensé pour un homme de sa taille. Rauque. Peut-être avait-il passé trop de temps dans des pièces enfumées, peut-être était-ce là qu'il avait appris à parler toutes ces langues.

— Crois-moi, la vie était très bien avant que tu n'y entres, dit Eponi.

Mais Rovo avait raison. Pas le temps pour les souvenirs. Pas avec le reste de l'escouade à bord. Ou presque — Eponi vit Sai trébucher dans la baie. Cet homme était toujours en retard. Comme elle, obsédé par d'autres choses. Contrairement à elle, Sai gardait ses souvenirs dans sa chambre plutôt que là où il devait être. Amateur.

Dès que le pied de Sai toucha la rampe, Eponi appuya sur le bouton pour la rétracter. Cela fit galoper Sai sur les marches. Ça lui apprendrait peut-être une leçon. Au moins, ça la fit rire.

— Tu pourrais le blesser en faisant ça. Rovo semblait vraiment inquiet. Comme s'il s'en souciait.

Le sentiment du bleu était mignon, mais il disparaîtrait bien assez tôt.

— S'il se blesse en montant dans la navette, c'est sa faute, répondit Eponi. C'est moi qu'on blâmera si on décolle en retard. Il était temps de changer de sujet, de concentrer le bleu sur des choses plus importantes. — Tu sais quelque chose sur l'endroit où on va ?

La diversion fonctionna — les yeux de Rovo se déconcentrèrent. Ce regard qu'il avait quand il essayait de se souvenir de quelque chose.

— La même chose que toi, dit-il finalement. Rien.

— Un monde appelé Dynas, dit Aurora en entrant dans le cockpit. Elle se tenait derrière eux deux, posant ses mains gantées sur le dos des sièges. Un endroit humide et moussu. Beaucoup de ressources naturelles. Une faune intéressante. On fait une mission de recherche et de sauvetage, puis une extraction.

— Sauf qu'on n'a pas d'extraction, dit Eponi. Le briefing avait mentionné au moins ça.

— On devra juste jouer finement, dit Aurora. Ne pas griller notre navette de largage pour une fois.

— Ça ne marche jamais, et tu le sais.

Il y a une raison pour laquelle les navettes de largage portent ce nom. Conçues pour faire descendre une escouade, fournir un tir de couverture et servir de base jusqu'à ce que vous ayez fait ce que vous deviez faire. La plupart du temps, elles ne pouvaient pas remonter. La plupart du temps, elles n'étaient pas censées le faire.

— On dirait que tu doutes de nous, dit Aurora. Il n'y a pas de place pour le doute dans l'escouade.

— Je n'ai aucun doute, dit Eponi. Je suis juste réaliste, commandant.

— Dans ce cas, arrête d'être réaliste et commence à nous faire sortir d'ici. Aurora se retourna et marcha vers l'endroit où le harnais l'attendait.

Eponi contacta le pont par radio. Elle reçut le feu vert et activa, en appuyant sur la console centrale, la séquence de départ. Derrière eux, de grandes portes métalliques s'ouvrirent. En même temps, devant elle, la porte menant hors de la baie d'amarrage et de retour dans le *Nautilus* se ferma. Puis une barrière secondaire s'abattit dessus. Aucun risque de vide. Aucun risque que quelque chose se passe mal.

Alors que les portes révélaient l'espace sombre, Eponi pouvait voir, à travers les caméras arrière de la navette et encadrée sur les bords, l'extérieur rocheux du *Nautilus*. Les vestiges de l'astéroïde. Bien que la structure du vaisseau soit à l'intérieur du rocher, l'extérieur massif avait été laissé intact. La coque fournissait une bonne armure. Même un camouflage au premier coup d'œil.

Les moteurs de la navette de largage démarrèrent avec un doux bourdonnement, la batterie se vidant pour les faire tourner. Ils surchaufferaient un réservoir de carburant — une réserve limitée, une raison de plus pour laquelle les navettes de largage n'étaient pas conçues pour survivre — et propulseraient le vaisseau vers l'avant. Sous la navette, sur sa face inférieure, quatre microjets s'allumèrent. Plus grands que ceux des karts, et capables de faire rebondir la navette d'un mètre.

Eponi glissa un gant noir et vert sur l'armure de sa main gauche et sentit le picotement des minuscules nœuds dans le tissu signalant une connexion avec l'ordinateur à son poignet. Elle leva la main, en veillant à garder ses doigts pliés, jusqu'à ce qu'elle atteigne le niveau des yeux.

Rovo resta silencieux. Un homme intelligent.

Lorsqu'Eponi a redressé ses doigts, posant sa main à plat dans l'air, le gant a clignoté en rouge et est resté de cette couleur. Prêt à voler. Eponi a déplacé sa main vers la droite, la gardant à niveau, et la navette a entamé un lent virage. Elle a maintenu sa main stable jusqu'à ce que la navette fasse face à l'espace extérieur, effectuant un demi-tour complet. Puis, de sa main droite, elle a poussé la manette des gaz vers l'avant, propulsant la navette.

Elle avait été émerveillée lorsque DefenseCorp lui avait présenté pour la première fois cette technologie. Pilote virtuel. Plus besoin de saisir le manche, plus besoin de paniquer si un fil se cassait ou si le manche se bloquait, ou si Eponi était projetée et soudainement incapable de l'atteindre. Maintenant, tant qu'Eponi portait le gant, celui-ci s'interconnectait avec la navette, et lui permettait de contrôler le vaisseau avec sa main seule.

Si elle le voulait, Eponi pouvait quitter le cockpit. Elle pouvait même aller à l'extérieur et continuer à piloter la navette. Avec ce gant, le vaisseau serait comme de la pâte à modeler entre ses mains.

Ils ont quitté le *Nautilus* pour plonger dans le vide noir

de l'espace. Noir à l'exception d'un point vert, qui grandissait régulièrement. Ils conservaient encore toute l'impulsion du *Nautilus* lancé à pleine vitesse. Bien que maintenant qu'ils se déplaçaient perpendiculairement, le croiseur rétrécissait rapidement. Même un objet aussi massif disparaissait vite lorsqu'ils se déplaçaient à des milliers de kilomètres à l'heure. Deepak avait eu la gentillesse de ralentir le grand vaisseau autant que possible, et maintenant la majeure partie du carburant d'Eponi serait utilisée pour ramener la navette de largage à une vitesse capable de supporter l'atmosphère sans se désintégrer en un milliard de morceaux.

— Dynas, a dit Rovo. Je n'ai jamais entendu parler de cette planète.

— Si tu n'en as jamais entendu parler, alors moi non plus, c'est certain, a répondu Eponi. Ce n'était pas nécessairement vrai, mais si un monde n'était pas sur le circuit de course, Eponi n'avait pas besoin de savoir qu'il existait. Du moins jusqu'à maintenant.

Devant elle, au niveau des genoux, la console centrale a changé. Une carte de la région sur Dynas où ils étaient censés aller est apparue. Des zones d'atterrissage possibles s'affichaient en jaune. Pas à plus de quelques kilomètres les unes des autres, ce qui signifiait un objectif bien défini. Au moins la zone était restreinte. Elle détestait qu'on lui donne le choix d'un continent entier.

— Un VIP secret ? a dit Eponi. Qui penses-tu que ce gars est ? Un riche investisseur ? Un politicien ?

— Si je ne connais pas une planète, c'est parce que c'est un trou perdu. C'est parce que personne ne la connaît, a dit Rovo. Ce qui signifie que si nous y allons, avec un préavis aussi court, quelqu'un a vraiment merdé. Et, pour que DefenseCorp s'en soucie, vraiment riche.

5

LE DIPLOMATE

Il y avait trop de mots. Et quand on comptait toutes les langues, cela ne faisait que multiplier leur nombre. Ce qui signifiait que Rovo avait beaucoup à apprendre.

Il essayait, d'ailleurs. Même là, assis à côté d'Eponi dans le cockpit, derrière la lentille de sa visière, Rovo étudiait la suivante : le Casparien. Plus une série de tons et d'inflexions que de véritables mots. Une fois qu'on avait compris comment courber sa langue *juste comme il faut*, ce n'était pas si difficile à comprendre. C'était vraiment étonnant ce que cette espèce pouvait faire avec le son. L'humanité, avec son énorme fatras de dialectes — même si le Commun avait écrasé toutes les autres langues à présent — pourrait en apprendre un rayon.

Mais peut-être devrait-il faire attention. Eponi disait quelque chose. Quand Rovo fit disparaître l'affichage tête haute de sa lentille, il vit qu'une teinte bleue avait envahi sa console. Transmission entrante. À l'extérieur, devant le hublot, ce qui n'était qu'un point vert de Dynas était devenu énorme. Il remplissait maintenant la majeure partie du pare-brise.

— Hé, tu peux répondre à ça ? disait Eponi.

— Peut-être. Et si je ne le fais pas ? répondit Rovo.

— Je te botterai le cul. Ensuite Aurora s'y mettra, et Gregor finira le travail.

Rovo savait qu'Eponi ne pouvait pas voir son visage, mais il le crispa quand même. L'idée que Gregor s'en prenne à lui ? Non merci. Alors il appuya sur la console. Il fixa le visage étrange qui le regardait soudainement.

C'était humain, sans aucun doute. Mais pas seulement ça. L'homme était couvert de taches vertes et noires, comme s'il avait été injecté de moisissure. Emballé et laissé à pourrir pendant un moment. Puis sorti, passé à la vapeur et huilé. Pas une image très attrayante.

— Nous avons détecté votre approche, dit l'homme, sa voix aqueuse, comme s'il avait un mauvais rhume. Quel est votre but sur Dynas ?

— On ne fait que passer, dit Rovo. On voulait voir les sites touristiques.

Il y avait des planètes, celles avec des centres-villes, avec de grandes merveilles naturelles. Là-bas, on pouvait prétendre être un touriste. On pouvait montrer un réel et sincère intérêt pour la planète et y atterrir sans trop de problèmes. Un endroit comme Dynas ? Rovo vérifia les scanners, aucun trafic de vaisseaux visible. Dynas était un endroit où l'on allait pour une raison, et Sever n'en avait pas de bonne.

— De quels sites parlez-vous ? dit l'homme.

— Eh bien, quels sites avez-vous ? répondit Rovo. Il n'avait qu'une seule responsabilité en ce moment : faire parler les gens. Les garder confus, déstabilisés. Ensuite, une fois qu'Eponi aurait fait passer la navette sous les défenses, il pourrait lancer autant d'insultes qu'il voulait.

Vraiment, ce n'était pas le pire boulot.

— Je vous demande de faire demi-tour et d'abandonner votre route.

— Nous n'avons pas assez de carburant pour ça, dit Rovo. Vous avez un endroit où on pourrait se poser ? Se recharger ?

Pas que la navette de largage puisse obtenir assez d'énergie pour vraiment les emmener vers un autre monde. Au-delà des moteurs, la navette fonctionnait sur batteries, qui ne pouvaient être rechargées qu'avec la bonne infrastructure. Une chose que Rovo ne pensait pas que Dynas possédait, à en juger par son apparence.

Sur les consoles, des relevés apparurent alors que les capteurs de la navette de largage sondaient l'extérieur. Des pics d'énergie, de chaleur. Ces superpositions apparurent sur le hublot avant. Et ils étaient peu nombreux. Quelles que soient les colonies que Dynas abritait, elles étaient petites, ou très bien camouflées.

— Vos problèmes ne sont pas les nôtres. Faites demi-tour, ou nous nous défendrons.

— On dirait que vous et moi ne nous entendons pas. Vous avez un responsable ? Quelqu'un d'autre à qui je pourrais parler ? dit Rovo. Il coupa le son de son côté de l'appel, appuya sur le transpondeur de la combinaison — déjà branché sur la fréquence courte de l'escouade. — Hé les gars, tenez-vous prêts. On dirait que l'entrée va être mouvementée.

— Nos entrées sont toujours mouvementées, dit Eponi.

— Ne mens pas, dit Rovo, après avoir relâché le transpondeur. Tu les aimes.

Eponi ne dit rien, mais Rovo aurait parié tout ce qu'il avait qu'elle souriait sous son armure.

Dynas et son vert brumeux remplissaient tout ce qu'ils pouvaient voir. La navette commença à trembler en entrant dans l'atmosphère et l'air lourd qu'elle contenait. Rovo saisit les poignées, puis réalisa qu'il n'avait pas vraiment coupé l'appel. De l'autre côté, l'homme à l'apparence étrange leur criait dessus, sa bouche tachetée s'ouvrant, se fermant, et son visage rouge. Si possible, il avait l'air encore plus dégoûtant qu'avant.

Rovo toucha l'écran une dernière fois. Il se dit qu'il y aurait une opportunité de placer une dernière insulte.

— Vous allez tous mourir. Vous m'entendez ? Jusqu'au dernier d'entre vous. L'homme coupa l'appel.

Rovo n'avait même pas eu le temps de lancer sa pique. Il devrait la lui livrer en personne.

6

ATTERRISSAGE HUMIDE

urora entendit l'avertissement de Rovo et répondit par habitude :

— Préparez-les et lâchez-les.

Trois Severs étaient assis à l'arrière dans des harnais de sécurité et chacun appuya sur un petit bouton sous sa main droite. Le plafond de la navette contenait des écrans suspendus à des barres métalliques. Les écrans pivotèrent juste devant le visage des Severs, chacun parfaitement aligné grâce à des micro-caméras mesurant le niveau des yeux. Chaque écran bascula pour afficher le flux d'un canon. Deux en bas — divisés entre la proue et la poupe de la navette — et un en haut, tous chargés et prêts à tirer.

Celui d'Aurora s'enclencha en premier, lui donnant le canon inférieur orienté vers l'avant. Il montrait le monde de brouillard orageux, jaunâtre et gris dans lequel ils descendaient alors que la navette s'enfonçait de plus en plus bas. Rien n'apparaissait sur ses écrans. Qui savait si Dynas avait une quelconque défense, mais la survie dictait d'agir comme si la planète était hérissée de mort.

— Je détecte une signature thermique, on dirait une

utilisation d'énergie, dit Eponi à travers leurs transpondeurs. Je vais atterrir dessus. Je pense que c'est un aussi bon endroit qu'un autre.

— Essaie juste de ne pas nous tuer, dit Sai.

— Est-ce que ça m'arrive ?

— Un signe de menace ? lança Aurora. Elle n'avait rien contre les bavardages de l'escouade, tant que cela ne les distrayait pas dans un moment dangereux.

— Non, répondit Eponi, mais sa voix traîna même en parlant. Attends... quelque chose arrive derrière. Une paire de skiffs de classe Darter.

Des skiffs ? S'ils volaient dans des engins à ciel ouvert comme ceux-ci ici, alors Dynas avait une atmosphère épaisse. Respirable. Les skiffs signifiaient aussi que Dynas ne comprenait pas à qui ils avaient affaire. Certes, ne pas avoir de coque blindée ou de pare-brise pouvait offrir de jolies vues, mais cela faisait aussi une cible facile. On ne pouvait pas protéger un espace ouvert. Aurora aurait adoré tirer quelques coups et relâcher les nœuds serrés qui se formaient toujours dans ses muscles au début des missions, mais Gregor avait le canon arrière, et la première chance de parsemer le brouillard de Dynas avec les morceaux de l'ennemi.

La navette de largage ne trembla pas quand Gregor tira avec son canon, une absence totale de recul à laquelle Aurora aurait dû être habituée maintenant. Pas de projectiles, comme dans les anciens modèles, donc pas de recul. Juste un bourdonnement. Le gémissement d'une batterie qui se vide.

En matière de combat, les lasers donnaient à toute l'affaire un aspect artificiel, comme s'ils jouaient à un jeu. Aurora savait que ce sentiment disparaîtrait avec la première victime montrant ce qu'un tir direct de laser pouvait faire à une personne, mais le tir de Gregor n'apporta pas cette absolution.

— Ils divisent leur approche. Légèrement armés, dit Gregor après sa première salve. Je vois deux canons sur chacun, montés à l'avant et à l'arrière. J'ai déjà neutralisé le canon avant du mien.

— Seulement parce que ton pilote ne sait pas esquiver, ajouta Sai. Le mien au moins comprend le concept.

Le brouillard épais se dissipa alors qu'Eponi faisait plonger la navette. Un vert profond et luxuriant apparut, capté par les lumières de la navette de largage, qu'Eponi avait allumées alors que les nuages, maintenant au-dessus, absorbaient la plupart de la lumière des étoiles qui osait s'aventurer aussi loin. Si Aurora devait deviner, la raison pour laquelle Dynas avait de la vie du tout venait de son atmosphère piège à chaleur faisant bouillir la boue biologique de n'importe quelle malheureuse collection de roches qui était entrée en collision pour former Dynas en premier lieu.

— Gardez les yeux ouverts pour les défenses au sol, dit Eponi.

La navette trembla quand Eponi termina. Quelque chose éclata et de la fumée inonda la cabine. Non, pas de la fumée. Du brouillard venu de l'extérieur.

— C'était quoi ça ? lança Aurora.

— Les skiffs, répondit Sai. Pas les canons principaux. Quelque chose de bizarre. Venant de fusils portatifs. Je parie sur des drones à tête chercheuse avec des explosifs attachés. On peut aller plus vite ?

— C'est une navette de largage, Sai. On est pratiquement en chute libre. Le ton sarcastique et arrogant avait disparu de la voix d'Eponi, signalant une pilote concentrée sur son vol.

Ce qui signifiait une situation sérieuse. Aurora réprima son envie de demander des détails à Eponi — l'une des parties les plus difficiles du commandement de Sever consistait à faire confiance à l'équipe, à retenir l'envie de remettre en question chacune de leurs actions, de demander et d'approuver chaque détail.

— Le deuxième skiff passe au-dessus ! cria Gregor.

Aurora n'avait pas besoin d'en entendre plus. Son écran de visée clignota en jaune vif dans le coin supérieur gauche ; les scanners de la navette indiquaient une cible. Aurora utilisa ses yeux, les dirigeant vers la position de la cible. Le mouvement visa le canon, et elle fixa à nouveau ce brouillard. Attendit. Le contact entre les yeux d'Aurora et l'écran maintenait le flux actif, le canon armé.

Une longue ombre sombre traversa l'écran. Aurora cligna des deux yeux et le canon tira un éclair vert brillant dans l'éther. Aurora cligna encore et encore et encore, envoyant des tirs vers la forme, qui s'enflamma en une magnifique rose orange et rouge.

Skiff abattu.

— Je m'en suis occupée, dit Aurora.

Mais le brouillard continuait d'affluer dans la navette de largage. Aurora ne pouvait pas voir le trou, et se détacher pendant un scénario d'atterrissage potentiellement dangereux aurait mis Aurora du mauvais côté de tous les guides de DefenseCorp. Et du bon sens — la navette de largage continuait de faire ce pour quoi elle avait été conçue : larguer. Le vaisseau n'aurait pas à tenir beaucoup plus longtemps.

— Désolée, Sever, on dirait que ce tir a détruit mon liquide de refroidissement. Les moteurs surchauffent. On va atterrir ici parce que, euh, sinon on va tous être cuits, dit Eponi. Préparez-vous à un atterrissage humide.

Aurora pointa son canon vers le bas juste à temps pour voir d'énormes branches, des arbres et des lianes s'accrocher à la navette et l'engloutir. Le flux du canon tint bon, puis trembla et s'éteignit. La navette se remplit de rugissements, de fracas et de déchirements tandis que Sever s'agitait dans leurs sièges. Des sièges qui ne se brisaient pas, car Defense-Corp boulonnait chaque siège de navette de largage au sol avec des métaux lourds. Conçus pour résister à un impact, et pour empêcher un objet pointu de percer le sol et de blesser son occupant.

Aurora avait vécu de nombreux crashs, un risque courant dans ce métier, mais la plupart s'étaient produits sur terre. Une fois sur une plage, lors d'un sauvetage dans une station balnéaire envahie par des touristes aliens mécontents. Mais jamais dans un marécage. Alors quand la navette heurta l'eau, rebondit en avant et s'immobilisa dans un mélange nauséabond d'eau visqueuse et de gaz pestilentiels, Aurora eut un nouveau candidat pour le pire endroit au monde. Elle se détacha, vérifia les relevés d'énergie de son armure — tous au vert — et se dirigea vers les côtés ouvrants de la navette. L'eau du marais eut la même idée, inondant le vaisseau pour accueillir Aurora avec une écume immonde.

— Sortez ! cria Aurora, des mots que personne n'avait besoin d'entendre. Gregor et Sai, la suivant, se précipitèrent par la porte ouverte dans la coque gauche, agrandie grâce à un arbre maintenant abattu qui avait porté son dernier coup à travers le flanc de la navette de largage.

Eponi et Rovo avaient déjà évacué, ayant grimpé par le pare-brise brisé du cockpit. Rovo scrutait le ciel, à la recherche d'autres esquifs, tandis qu'Eponi se penchait dans le cockpit, tapant sur des boutons. Le protocole stipulait qu'il valait mieux éteindre les systèmes de la navette de largage et vider les batteries en cas d'atterrissage brutal pour éviter les mauvaises surprises comme le pillage ennemi et les explosions aléatoires.

— Que s'est-il passé ? cria Aurora à Eponi lorsque la pilote se rassit sur le nez de la navette. Tu n'avais pas fait paraître le coup si grave ?

— Ce qu'ils nous ont tiré dessus ? répliqua Eponi. Ça a continué. J'ai perdu les systèmes un par un. J'ai dû nous faire atterrir rapidement ou nous aurions traversé ces arbres.

Aurora regarda le marécage désolé s'étendant à perte de vue, ce qui, étant donné l'obscurité et la brume, n'était pas si loin. Leurs attaquants, quels que soient les habitants de Dynas, ne voulaient pas de visiteurs. Ils étaient prêts à tuer pour garder leur monde tranquille, mais ils avaient raté leur chance.

L'Escouade Sever ne leur en donnerait pas une seconde.

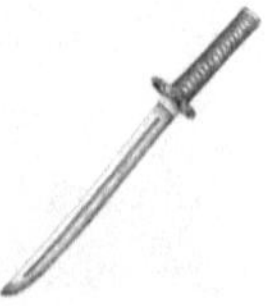

7

CRÉATURE DES MARAIS

Un égout. C'est à ça que ressemblait cette planète, et Sai n'y était que depuis une minute. Le brouillard descendait en grands rideaux gris-vert, une brume collante recouvrant son armure, obstruant les conduits de respiration et envoyant son odeur nauséabonde dans les narines de Sai. Les filtres bloqueraient tout ce qui était nocif, mais les odeurs pouvaient persister. Sai aurait aimé cogner l'ingénieur qui avait probablement déclaré, d'une voix suffisante pleine de diplômes, que garder les odeurs pouvait être utile. Que ça pouvait servir d'avertissement.

Sai ne serait bon à rien s'il continuait à tousser comme ça.

Gregor posa son poing blindé contre le dos de Sai alors qu'ils se tenaient tous deux sur le côté de la navette de largage. Si Sai ne faisait pas un pas bientôt, le poids de Gregor disait qu'il le pousserait dans le marécage. Dynas n'avait pas une gravité écrasante, mais le poids de Sai, avec l'armure, serait suffisant ici pour l'entraîner dans les profondeurs. Où, naturellement, la combinaison lui permettrait de respirer. Mais si les choses étaient aussi moches ici en haut, imaginez ce qu'elles seraient sous cette boue jaune-vert ?

— Je bouge, dit Sai, en gardant sa voix sur le canal de l'escouade. Calme-toi.

— Je ne suis pas excité, répondit Gregor. Nous sommes vulnérables ici.

Si les skiffs pouvaient les voir à travers le brouillard, ils seraient déjà morts, mais Sai ne discuta pas. Au lieu de cela, il fit le premier pas en bas. Hors de la navette et sur ce qui ressemblait à un rocher boueux. Son pied heurta la matière et s'enfonça directement. La botte métallique descendit, et sa jambe suivit jusqu'au genou avant que Sai ne touche quelque chose de pas tout à fait solide, mais assez épais pour supporter son poids.

— Attention, dit Sai. Le sol aime manger les gens.

Les autres suivirent, bien que Sai remarqua qu'ils s'en tenaient à marcher sur la navette elle-même. Restant sur ses ailerons et sa coque flottante. Il sentait leurs yeux sur lui. Attendant de voir s'il disparaissait. S'il devenait une victime, une statistique.

Des crétins, tous autant qu'ils étaient.

Il entendit Aurora commencer à parler à Eponi, et décida de faire un deuxième pas, quittant complètement la navette et pataugeant dans la boue. Puis un troisième, bien que la vase aspire ses jambes, l'obligeant à adopter une cadence saccadée et gluante.

Ses respirateurs confirmèrent l'atmosphère respirable, cinq fois plus épaisse que celle de la Terre. Humide et détrempée. À tel point que s'ils restaient trop longtemps à la surface, leurs combinaisons rouillaient.

— Sai, qu'est-ce que tu fais ? Aurora avait l'air d'une corde tendue, à un cheveu de craquer. Tu sais où tu vas ?

— Protocole standard, répondit Sai. S'éloigner d'un vaisseau écrasé après l'atterrissage.

— Comme tu as pu le remarquer, ce n'est pas standard, dit Aurora, puis elle sembla se reprendre. Mais Sai a raison. Eponi, tu sais où nous devrions aller ? Où est la station vers laquelle tu te dirigeais ?

Eponi, debout sur le nez de la navette, pointa vers le lointain, à la gauche de Sai. D'après ce que Sai pouvait dire, pour autant que la boussole de sa combinaison lui indiquait, la direction d'Eponi allait vers le nord.

Une boussole qui fonctionnait était un miracle — que DefenseCorp fasse des économies dessus ou que Sever réussisse à éviter les planètes à polarité magnétique, les petites flèches rouges et blanches s'avéraient plus inutiles qu'autre chose lors de leurs missions. Ici, avec une visibilité de peut-être dix mètres, toute navigation à distance se ferait par des méthodes non visuelles. Quoi qu'il en soit, la direction choisie ne correspondait pas à l'endroit où Sai avait pataugé.

Sai se tourna, balança ses jambes dans la boue. Fit un pas en avant. Sa jambe gauche trébucha. Glissa en arrière. Quelque chose attrapa son pied. Une traction régulière, sans à-coups. Tirant Sai plus profondément dans la vase.

— Quelque chose m'a attrapé ! glapit Sai. Il se tortilla, mais la seule chose qu'il pouvait voir était cette satanée brume, la boue bouillonnante et visqueuse.

Sa main gauche tâtonna pour attraper le pistolet laser à sa hanche. Le saisit, pivota, et faillit appuyer sur la gâchette. Les règles standard de DefenseCorp disaient de ne pas tirer sans une vision claire de la cible — les dommages collatéraux coûtaient cher et étaient déduits de la paie de Sever.

La main droite de Sai tapota son casque, appuyant contre sa tempe, et la visière passa du mode standard à l'infrarouge. Les verts moutarde s'estompèrent en bleu-noir, sauf pour sa propre chaleur et celle de la créature qui l'attaquait. La chose s'était enroulée autour de son pied, large et bouillonnante.

Sai avait peut-être crié.

— Gregor, répondit Aurora à la panique de Sai avec une solution. Si Sai devait choisir un trait qui expliquait pourquoi Aurora occupait cette position, ce serait celui-ci : quand la corde tendue qui maintenait son contrôle se rompait, elle devenait de la glace tranchante, froide et impitoyable. Saute dedans.

— Oui. Gregor, dans sa combinaison noire et argent, tendit le bras au-dessus de sa tête et saisit son marteau. Le tira par-dessus, le préparant dans ses deux mains.

— Attends ! commença Sai, espérant avoir une chance d'échapper au désastre imminent, mais on aurait plus facilement arrêté une comète que l'assaut de Gregor.

L'homme monstrueux s'accroupit et sauta. Toutes les combinaisons étaient équipées de coussinets de poussée dans les semelles de leurs bottes. Si nécessaire, ils pouvaient fournir une micro-explosion de force vers le bas en puisant dans les batteries de l'armure chargées par le mouvement. Ajoutez deux à trois mètres supplémentaires à un saut ou plus avec de l'élan.

L'élan donna à Gregor la hauteur nécessaire pour s'abattre au-delà de Sai, son marteau en avant. Gregor enfonça l'arme dans la boue, suivi de près par son propriétaire. Sai ne put voir ce qui se passa ensuite, car un mur de vase s'abattit sur lui.

Un rire dément emplit le canal de communication.

Sai repassa en vision standard, essuya la crasse et examina son armure. Autrefois vert émeraude, Sai arborait désormais un camouflage parfait et nauséabond. Plus aucun métal en vue.

Mais Sai n'eut guère le temps de s'apitoyer sur le cauchemar de nettoyage qui l'attendait. Rovo et Aurora annoncèrent leur arrivée dans la mêlée par des tirs de laser jaune qui brûlèrent la vase devant Sai, tandis que la chose que Gregor avait frappée de son marteau s'éleva des eaux.

Une chose qui ne cessait de grandir. Jusqu'à ce qu'elle se dresse à plus de trois fois la taille de Sai lui-même. Il semblait injuste qu'une créature aussi laide puisse être aussi grande. Comme si la boue avait soudainement pris vie, entraînant avec elle détritus, bâtons et cailloux vers la conscience. Des morceaux se détachaient et dérivaient de la créature, éclaboussant l'eau du marécage autour de Sai.

— Elle a des tentacules, dit Rovo en éclaboussant l'eau à côté de Sai. Évidemment.

Gris et tachetés, couverts de plaques de moisissure, les tentacules frémissaient tandis que la chose émergeait du marécage. Ils pendaient le long des flancs de la créature, et Sai en compta au moins dix, peut-être plus, leurs extrémités disparaissant sous la surface. Sai chercha une bouche. Des yeux. Il n'en trouva aucun.

Ce monstre n'était qu'une masse géante, apparemment déterminée à faire de l'Escouade Sever son prochain repas.

8

L'HEURE DES TENTACULES

Gregor éclata de rire. Il secoua la tête à la vue de la créature, puis rit de plus belle. Il ne s'attendait pas à trouver ce genre de divertissement ici, si loin de toute zone de combat active, lors d'une longue patrouille de DefenseCorp confiée à l'Escouade Sever et au *Nautilus* comme une sorte de pause. Et le voilà, face à face avec quelque chose qu'il n'avait jamais vu, dont il n'avait jamais entendu parler.

Le monstre était répugnant. Un véritable chaos vivant.

Et très écrasable.

Sa visière, recouverte d'un film ultra-glissant, nettoyait la boue qui collait à toutes les autres parties de son corps. Gregor dut s'y reprendre à deux fois pour sortir son marteau de la crasse dans laquelle il s'était enfoncé après son coup. Parfait. Il préférait devoir travailler pour son plaisir.

Tenant son maillet dans ses mains, Gregor fixa la masse informe. Il chercha un point faible. N'en trouva aucun, ce qui signifiait qu'il fallait foncer droit devant.

— Autorisé à y aller ? demanda Gregor.

— Autorisé, répondit Aurora un instant plus tard, sa

voix passant clairement à travers les communications de leur combinaison.

Ils accordèrent une pause dans leurs tirs laser à Gregor. Les armes d'assaut de l'Escouade Sever surchaufferaient une bête de boue comme celle-ci et la transformeraient en une masse bouillonnante de saletés. Avant que cela n'arrive, Gregor voulait asséner ses coups. Il activa deux fois les propulseurs de ses bottes et s'éleva hors de la boue. Il fit tournoyer son marteau de gauche à droite tandis qu'il volait dans les airs et frappa la bête de boue.

La crasse et la gloire éclaboussèrent partout lorsque l'arme atteignit sa cible. Puis la tête du marteau resta coincée, et Gregor, emporté par son élan, s'écrasa la poitrine la première contre l'avant de la bête. Il la heurta comme une pâte molle, le choc libérant l'arme de sa prise — la boue tenait toujours fermement le marteau — et Gregor dégringola le long de la face avant de la créature, s'éclaboussant dans l'eau à sa base.

Sur le dos, il pouvait voir son marteau encore planté dans la créature tandis que les rayons jaune vif de l'Escouade Sever reprenaient. Il devait récupérer le marteau. Il ne pouvait pas risquer de le perdre dans le marécage. Gregor essaya de se redresser quand quelque chose heurta son visage. Cela le repoussa dans la vase et lui coupa la vue.

— Gregor, tiens bon ! Un des tentacules... cria Sai, celui qui les avait mis dans ce pétrin.

— Je peux le sentir, le coupa Gregor. Débarrasse-m'en.

La combinaison de Gregor enregistra les ondulations dans l'eau alors que Sai se frayait un chemin vers lui, tandis que Gregor tendait les mains et agrippait le tentacule qui lui écrasait le visage dans le marécage. Il essaya d'avoir une bonne prise, mais le tronc recouvert de bave rendait la tâche difficile pour une paire de gants d'armure en métal. Ce n'était pas la première fois que Gregor maudissait la conception des combinaisons de DefenseCorp.

Il devrait trouver un autre moyen.

Très bien.

Gregor laissa tomber sa main gauche vers sa taille, la frappa contre le côté de sa combinaison et en détacha un petit disque. Il le leva en l'air, juste au-dessus de l'eau, et le serra. Une longue lame unique se déploya depuis le centre du disque et, une fois redressée, le dernier quart se plia à angle droit, la lame sur le côté. Gregor ne pouvait rien voir de tout cela, mais il sentit les vibrations attendues dans sa main lorsque l'outil se mit en marche. Une scie d'urgence.

Gregor appliqua la lame sur le tronc. Il la sentit s'enfoncer dans la masse boueuse et moisie. Et tout aussi rapidement, il sentit la lame s'encrasser. Se briser et voler en éclats. Pas surprenant — les disques étaient conçus pour couper des harnais défectueux, des filets de sécurité et des cordes. Pas pour trancher un monstre de boue dans les marécages de Dynas.

Gregor sentit, plutôt qu'il ne vit, Sai entrer en collision avec le tronc. Une charge frémissante, qui ne fit rien. Du moins, rien que Gregor puisse constater.

— Ton épée, Sai, hurla Gregor.

C'était tout le principe de Sai, après tout. Des bombes et des lames.

— Je voulais la garder propre, répondit Sai. Bien sûr qu'il voulait ça.

— La créature appréciera ça après t'avoir tué.

La pression augmenta, et le tentacule poussa Gregor plus profondément sous la surface de l'eau. Jusqu'à ce qu'il sente la boue du fond du marécage aspirer son dos. S'insinuant dans son armure et s'enroulant autour des côtés de son casque. Il serait enterré en quelques instants.

Soudain, la pression cessa. Gregor retrouva ses propres forces. Il pressa ses bras, donna des coups de pied sous lui et les enfonça dans la gadoue. Il se propulsa vers la surface. Les combinaisons n'étaient pas faites pour nager, mais le marécage n'était pas un océan, l'eau peu profonde et épaisse ici donnait à Gregor assez de poids pour se hisser à la surface.

L'extrémité du tronc collait toujours au masque de Gregor, donc il ne pouvait pas voir, mais le petit affichage tête haute, en lettres bleu néon, lui indiquait qu'il était sorti de la vase. Qu'il pouvait, s'il le souhaitait, ouvrir son casque sans que l'eau du marécage ne s'y engouffre.

Ouvrir un casque dans une zone de combat active, sauf en cas de dysfonctionnement critique, était contraire à la politique de DefenseCorp. Cela annulait son assurance — en particulier la grosse indemnité qui viendrait si Gregor trouvait la mort. Trop à perdre, et Gregor avait entendu dire que DefenseCorp saisirait toute occasion pour maintenir cette indemnité au plus bas. Comme la plupart des membres de l'Escouade Sever, sa famille — ses parents, dans son cas — attendait et espérait sans doute recevoir un jour le paiement final du choix de carrière suicidaire de Gregor.

Gregor posa à nouveau ses mains sur le tronc et, sans le reste du tentacule qui le pressait, réussit à arracher la ventouse de son casque et à projeter le membre loin dans le marécage. Gregor pouvait voir Dynas à nouveau, et une fois de plus, le monde laissa Gregor totalement indifférent.

Le combat se déroulait à peu près comme il s'y attendait. Aurora, Eponi et Rovo continuaient à bombarder la créature, qui semblait insensible. Ses tentacules tourbillonnaient, et Gregor constata que certains étaient plus longs que la navette, fendant l'air comme des troncs d'arbres en mouvement. Le monstre forçait l'Escouade Sever à plonger et à rouler. Esquiver les membres oscillants, éviter d'être aspirés, capturés ou écrasés dans la boue. Près de lui, Sai essayait enfin d'utiliser sa lame, mais chaque coup ne ramenait que de la boue et aucun morceau de la créature.

Gregor pouvait aider à ça. Il se tourna vers le monstre et vit un tentacule commencer à nager dans le marécage vers lui. Le mercenaire s'accroupit et grogna : — Viens me chercher, espèce de salopard boursouflé.

Le long membre visqueux jaillit du marécage et Gregor sauta, s'y agrippant alors que le tentacule le soulevait. Il l'éleva plus haut que la créature elle-même, essayant de le faire lâcher prise. Exactement ce que Gregor espérait. Alors que le tronc passait au-dessus de la tête de la créature de boue, Gregor lâcha prise, chutant et tournoyant dans les airs jusqu'à ce qu'il atterrisse, avec un bruit écœurant, directement sur la tête de la créature. Enfin, pas vraiment une tête, plutôt le sommet d'un monticule.

Gregor jeta un coup d'œil à gauche, vers le bas. Le marteau était coincé un mètre en dessous de lui, enfoncé dans le flanc de la bête. Même s'il pouvait l'atteindre, comment Gregor pourrait-il le balancer avant de se retrouver à nouveau dans le marécage ? Un problème à la fois. Gregor tendit le bras derrière son dos, où, en plus du marteau, étaient accrochés deux fusils d'assaut lourds. Fixés à l'arrière de son armure assistée. Prêts à l'emploi.

Il en détacha un, le fit passer par-dessus son épaule tandis qu'il s'agenouillait sur la bête. Il appuya le canon sur le sommet du monticule. Appuya sur la gâchette et la maintint enfoncée.

Un fusil d'assaut lourd DefenseCorp crachait cinquante bolts par seconde. Même sans le recul d'un laser, les tirs répétés surchauffaient les miroirs dans le canon et avaient tendance à faire chuter la précision. L'arme aurait dû terrifier tout ce que Gregor visait en remplissant l'air de tirs mortels. Mais le monstre était aussi grand qu'une maison, et Gregor était juste au-dessus. La précision n'était pas un problème. La terreur, une préoccupation secondaire. La mort importait le plus, et à cette distance, le fusil d'assaut la délivrait.

Les bolts s'enfonçaient dans la créature, creusant des trous profonds bouillonnants que, dans les instants avant que la boue ne les remplisse, Gregor pouvait voir ce qui ressemblait à de la chair verdâtre. Bon à savoir que quelque chose vivait sous la crasse, qu'ils ne combattaient pas le marécage lui-même. Une vraie vie pouvait être prise, effrayée ou réduite en cendres.

— La partie intéressante est sous la boue ! cria Gregor.

Et puis il s'envola. Frappé par un tentacule, il traversa les airs. Gregor sentit un craquement dans son dos lorsqu'il s'écrasa contre un arbre et plongea face la première dans la boue.

K.O.

[9]

ÉLECTROCHOC

Trois tirs. Comptez-les. Et Aurora disait qu'Eponi n'en faisait pas assez quand l'Escouade Sever déclenchait des bagarres.

Pas que ces trois tirs — des éclairs fulgurants tirés du petit fusil qu'Eponi était obligée de porter selon les règlements de DefenseCorp — semblaient déranger la créature des marais. Le pilote de Sever observait depuis le nez de la navette de largage, le vaisseau perdant progressivement sa bataille contre la boue lâche qui l'attirait vers le bas, tandis que Gregor, Sai, Rovo et Aurora se précipitaient autour des tentacules et pataugeaient dans la gadoue en essayant de trouver comment blesser la chose. Toute la scène ressemblait à un mauvais film, où tous les budgets étaient passés dans les effets spéciaux et rien dans l'intrigue.

— Pourquoi cette chose est-elle même ici ? dit Eponi dans le canal de l'escouade entre un avertissement d'Aurora à Rovo et un juron de Sai alors que son épée se coinçait à nouveau dans le flanc de la bête boueuse. Sur tout ce marécage, on atterrit juste dessus ? Quelles sont les chances ?

Elle visa avec son fusil alors qu'un tentacule enveloppait

Gregor, tirant le grand homme vers le sommet de la masse de la bête. Une bande jaune sur le côté de son arme vira au vert tandis que le fusil aspirait les électrons libres de l'atmosphère, rechargeant ses propres batteries pour renvoyer la mort. Cette technologie de charge avait commencé dans des armes comme celle-ci avant de se répandre dans les bolides qu'elle adorait, menant à des compétitions de plusieurs jours où la gestion de l'énergie des batteries demandait autant de compétence que la navigation sur le parcours. Les prix en espèces pour ces courses... elle y reviendrait.

— C'est toi qui as choisi le lieu d'atterrissage ! daigna répondre Rovo.

— Tuez-la ! joua son rôle Aurora, mettant fin aux conversations hors sujet. Eponi, aide Gregor.

Eponi tira un autre éclair jaune vers le sommet de la bête. Il disparut dans la boue avec un grésillement, ne faisant rien pour aider Gregor alors que la bête de boue le projetait contre un arbre voisin. Gregor heurta le tronc, une chose pourrie qui ressemblait plus à un présage d'horreurs qu'à une plante, et le brisa, atterrissant sur les racines noueuses en dessous. Eponi grimaça — ça avait l'air de faire mal — et se leva. Gregor ne bougeait pas, à l'exception de sa jambe droite qui glissait lentement vers la vase. Elle supposait qu'elle pouvait l'aider à éviter de se noyer dans ce marécage dégoûtant.

Avec ses propulseurs en marche, Eponi sauta du nez de la navette de largage et vola au-dessus de la lame tournoyante de Sai, d'un tentacule glissant, et des tirs éparpillés du fusil de Rovo. Pendant une fraction de seconde, les racines semblèrent hors de portée d'Eponi, mais, comme toujours, les calculs du casque s'avérèrent corrects et Eponi atterrit exactement là où la visière avait indiqué qu'elle le ferait. Les bolides avaient des limites strictes sur leurs pilotes automatiques, leurs assistances informatiques, pour que la compétence naturelle prime. Ici ? Moins Defense-Corp laissait entre les mains de ses soldats, mieux c'était.

Ça tuait vraiment le frisson.

— T'es vivant, grand gars ? dit Eponi, atteignant Gregor et le traînant — avec l'aide des augmentations énergétiques de sa combinaison — loin du liquide. Elle envoya les mots via le communicateur tactile, un lien à courte portée qui transmettrait le son directement à Gregor sans encombrer le canal ouvert de l'escouade. Le combat continue. Ils pourraient avoir besoin de ton marteau là-bas.

Un marteau qui, nota Eponi, occupait toujours une position de choix dans la couronne de la chose boueuse. Bien que l'Escouade Sever semblait avoir fait des progrès : une grande partie de la boue avait été brûlée ou coupée, révélant des écailles vertes herbeuses et de la fourrure, comme si la créature avait mélangé des espèces et choisi les parties les plus laides. Les bonnes nouvelles du combat ne firent rien pour stimuler Gregor ; l'homme resta immobile.

— Autorisation de le réveiller ? lança Eponi sur le canal.

— Autorisé ! répondit Aurora.

— Désolée, mon pote. Eponi appuya sur une petite paire d'encoches sous le casque de Gregor, contre son cou.

Ces encoches effectuèrent un scan de vérification rapide des gants d'Eponi, s'assurant qu'elle avait des accréditations amicales. L'écran de sa visière se divisa en deux moitiés, la gauche verte et la droite rouge. Eponi cligna de l'œil gauche, et quand la visière cligna entièrement en vert pendant une microseconde, elle lâcha son coéquipier. Elle recula et regarda la combinaison de Gregor bourdonner jusqu'à émettre un son strident, comme du verre qui se brise. Au point culminant du bruit, Gregor tressaillit, ses mains et ses pieds s'agitant, suivis d'un lourd soupir. Ses yeux s'ouvrirent, trouvèrent ceux d'Eponi, puis se refermèrent.

— Je déteste ça, dit Gregor sur leur canal à courte portée.

— Combien de fois ?

— J'ai arrêté de compter après une douzaine.

Eponi s'empêcha de noter que les règlements de DefenseCorp suggéraient toutes sortes d'effets nocifs liés à l'utilisation répétée de la technologie d'électrochoc. L'Escouade Sever entretenait une relation floue avec DefenseCorp, et cela pouvait aussi bien s'étendre à ça. Les missions impossibles exigeaient des compromis impossibles, ou quelque chose comme ça.

La créature boueuse émit son premier vrai bruit du combat, une toux gargouillante et humide s'élevant de son milieu alors que Sai réussissait enfin à faire passer son épée à travers l'armure de boue liquide de la créature et à couper dans le vif. En matière de râle d'agonie, Eponi avait entendu de bien meilleurs cris de pilotes dont les bolides plongeaient dans des crevasses sans fond ou glissaient dans des rivières de lave.

Aurora et Rovo semblaient d'accord, profitant de la détresse de la créature pour se propulser près de Sai et concentrer leurs tirs dans la blessure fraîche. Comme un plat au micro-ondes mal choisi, la chaleur s'accumula au milieu du monstre avant qu'il n'explose, faisant pleuvoir une quantité prodigieuse de boue et pire encore sur toute l'escouade.

Sauf sur Eponi, qui avait profité du redressement de Gregor comme d'une opportunité de se mettre à l'abri et s'était accroupie derrière le grand homme. Des tripes et de la gadoue s'éclaboussèrent autour de tout le monde sauf elle, et Eponi s'en fichait royalement. Elle avait survécu, fait un pas de plus vers ce jour de paye.

— Regarde-toi, dit Rovo environ cinq minutes plus tard, alors que l'escouade se tournait vers le déchargement du matériel essentiel de la navette de largage. Aurora avait chargé Eponi et Rovo de s'occuper des vivres, qu'ils jetaient dans des sacs-bouées extensibles, ainsi nommés pour leurs poches à pression négative conçues pour repousser suffisamment la gravité afin de rendre les charges lourdes faciles à porter. Tu es toute propre. Le reste d'entre nous a un camouflage naturel.

— Je fais juste ma part, répondit Eponi, en pelletant des barres micro-énergétiques à pleines brassées dans l'un des sacs gris. J'attirerai tous les tirs.

— Les tirs de quoi ?

Eponi avait déjà oublié que Rovo souffrait du mal des bleus : toutes les menaces étaient hypothétiques, car Rovo ne les avait pas encore vécues. Pas en dehors d'un simulateur, en tout cas.

— Tu as raté les aéroglisseurs ?

— Ils n'étaient pas si dangereux, et on leur a échappé. Rovo remplit son sac à ras bord et tira sur la corde tendue vers le haut. Cette traction déclencha le mécanisme de fermeture du sac, et le sac-bouée se compressa autour des paquets de repas plus substantiels que Rovo avait choisis, créant un cube arrondi que le bleu, avec l'aide d'Eponi, inséra dans une paire d'encoches dorsales de son armure. Si c'est tout ce à quoi on a affaire, moins le monstre des marais, je pense que ça devrait être simple.

— On n'a pas de missions simples. Je ne sais pas ce qu'ils t'ont dit quand tu t'es engagé avec l'Escouade Sever, mais on est là pour gérer ce que DefenseCorp ne veut pas toucher avec ses escouades légitimes. Ça veut dire haut risque, haute récompense.

— C'est pour ça que tu es ici ? La récompense ?

Voir l'expression de quelqu'un à travers son masque nécessitait une vision aux rayons X, donc Eponi ne pouvait pas vraiment dire si Rovo avait posé la question honnêtement ou non. Puis elle réalisa qu'elle s'en fichait.

— Je n'ai pas choisi d'être ici. Ça devrait te dire que la récompense n'est pas si bonne, répondit Eponi. Mais l'Escouade Sever peut rester à l'écart du reste des conneries de DefenseCorp, et ils disent qu'on peut se barrer quand on veut. Pas de contrats, pas de clauses, pas de plaintes. Ça me suffit.

— C'est un peu difficile de se barrer maintenant.

Eponi finit son propre sac, et alors que Rovo le claquait en place sur son dos, Aurora donna l'ordre général d'évacuation. Il était temps de s'éloigner de la navette de largage, de marcher dans la boue, et de trouver où ce VIP avait bien pu se coincer.

— Ça, c'est la vraie vérité, dit Eponi en entrant le code d'autodestruction de la navette de largage. Il faudrait quelques heures pour se déclencher, suffisamment longtemps pour que l'Escouade Sever s'éloigne assez de tous les yeux attirés par le feu. Une fois que tu fais partie de l'Escouade Sever, il n'y a pas de sortie. Pas vivant, en tout cas.

MARCHE DANS LE MARAIS

Voir un vaisseau exploser dans le brouillard vert moutarde ne produisait pas le genre de feu d'artifice auquel Rovo s'attendait. Il était venu chez DefenseCorp pour l'argent, puis avait rejoint Sever pour l'excitation quand l'argent s'était avéré fade, ce qui était arrivé rapidement lorsque les seules choses sur lesquelles il pouvait le dépenser étaient des produits DefenseCorp.

Maintenant, après des heures passées dans sa première mission avec Sever, ils venaient d'abattre une énorme créature de boue. Il avait tiré avec son fusil plus de fois durant les cinq minutes de combat que jamais auparavant. Rovo pouvait compter de nombreux choix qu'il avait regrettés dans sa vie, mais rejoindre Sever, jusqu'à présent, n'en faisait pas partie.

Rovo effaça son sourire maniaque lorsque lui et Eponi rejoignirent l'escouade, même si le casque cachait sa bouche. Ses nerfs, même après avoir emballé des provisions et s'être occupé de l'ennui logistique de tracer des directions — Aurora s'occupait du traçage, Rovo de l'attente — fourmillaient encore. L'adrénaline faisait battre son cœur. Rovo aurait pu mourir là-bas. Écrasé par l'un de ces tentacules. C'était pas génial, ça ?

À en juger par les visages fermés et les blagues fatiguées du reste de l'équipe, ce n'était apparemment pas génial. C'est ce qu'on obtenait avec des vétérans aguerris. En tant que jeune gamin, le nouveau, le bleu, Rovo comprenait sa place. Il avait déjà été ici avant — bien que dans un bureau où l'arme la plus dangereuse avait été la machine à café — et il y serait probablement à nouveau d'une manière ou d'une autre. Il endurait le bizutage de Sever, leurs ordres et tout le reste parce que ceci, déjà, avait largement éclipsé sa vie à adapter des communiqués de presse pour une diffusion à travers la galaxie. Maintenant, au lieu d'écrire le marketing de DefenseCorp, il serait la source des histoires.

— Rovo, tu veux être devant ou derrière ? lui demanda Aurora alors qu'ils se regroupaient sur la terre coûteuse que Gregor avait utilisée comme zone d'atterrissage dans le combat contre la bête de boue. Sever avait nettoyé autant de boue que possible, laissant des taches de vase verte sur leurs armures comme des badges déformés d'un honneur douteux.

— Devant, répondit Rovo. Si on rencontre quelque chose qui parle, je pourrai être plus utile de là.

— Si on rencontre quelque chose qui parle, tu tires d'abord et tu détermines si c'est un ami après, répliqua Gregor.

— Tu ne peux pas être sérieux ? dit Rovo.

Malgré le penchant de Sever pour le non-respect des règles, faire exploser tout ce qu'on rencontrait semblait être une mauvaise stratégie.

— Il ne l'est pas, répondit Aurora. Si l'un d'entre vous tire avant que je ne donne le feu vert, à moins que vous ne soyez attaqués, ce sera vous qui recevrez le laser de mon fusil.

Aurora parlait avec une dureté d'acier que Rovo trouvait un peu étrange, étant donné qu'elle était censée commander cette équipe depuis un certain temps maintenant. Pourquoi être si directe et dure avec ces gars ? N'étaient-ils pas tous amis ? Mais de tous, Aurora semblait avoir la meilleure tête pour ça. Rovo préférait avoir une dure à cuire donnant des ordres plutôt qu'un homme sauvage comme Gregor, qui ordonnerait probablement une course vers l'objectif, avec celui qui tuerait le plus de choses en chemin gagnant un prix bonus.

— Tu es sûre que les règles normales s'appliquent à cette mission ? dit Sai. On a déjà essuyé des tirs des skiffs. Si on y va doucement, on finira morts.

— Tu ne sais pas pour qui ces skiffs travaillent, répondit Aurora. Pour ce qu'on en sait, il pourrait y avoir plusieurs factions en jeu ici. Aurora fit ce truc de leader, promenant son regard sur tout le groupe en parlant, s'assurant que tout le monde était attentif. On n'a pas de moyen de quitter la planète. Si on se fait des ennemis de tout le monde, on est coincés ici. Alors gardez vos doigts loin des gâchettes jusqu'à ce que je dise le contraire.

Rovo voulait regarder vers Sai, mais portant un casque conçu pour bloquer les tirs de laser et de projectiles mortels de tous les angles et, par conséquent, bloquant la vision de tous les côtés sauf droit devant, il ne pouvait pas simplement jeter un coup d'œil dans cette direction. Les systèmes visuels de l'armure l'avertiraient d'une menace imminente hors de vue, mais ils n'étaient pas bons pour espionner les réactions de quelqu'un. Difficile d'être furtif dans une armure comme celle-ci, mais peut-être que cela aidait à l'honnêteté. En la portant, il fallait être direct, il fallait être clair.

Gregor prit la tête avec Rovo lorsqu'ils se mirent en route. L'homme plus grand dirigeait, basculait sa visière pour scanner les solides, ce qui traversait l'eau du marais et leur permettait de marcher sur le chemin le moins profond. Aurora les dirigeait vers la source d'énergie la plus proche, estimant que c'était là qu'ils avaient le plus de chances de trouver des indices sur ce que Dynas avait sous tout ce brouillard. Pendant que Gregor scrutait les passerelles, Rovo gardait sa visière sur la chaleur, que la source d'énergie émettait en grandes efflorescences ; des fleurs rouges et vertes, coupées par les troncs bleus et noirs d'arbres couverts de mousse. Quant à savoir quelle structure produirait ce genre de chose, une centrale électrique était la suggestion la plus évidente, mais cela pouvait être une usine, une sorte de mine de marais...

Ou une autre créature, si énorme et monstrueuse que Rovo aurait une histoire à raconter pour le reste de sa vie. Ça aussi, ce serait cool.

Parce que pour l'instant, les documents étaient la seule chose dont Rovo pouvait parler. Les scanner sans fin pour DefenseCorp dans une station spatiale tournoyante pas loin du système solaire. Une structure qui passait son temps à tournoyer entre toute une collection de réseaux de diffusion destinés à surcharger les avis à travers l'espace connu. Toutes sortes d'ordres pour des missions au-dessus et en dessous de la table allaient et venaient, traduits et envoyés aux gouvernements et entreprises respectifs. Plus d'un parlant d'objectifs déguisés en X ou Y ou Z. Ce que Rovo avait appris, ce qui ne cessait de se confirmer : les choses n'étaient jamais ce qu'elles semblaient être.

Elles étaient généralement bien pires.

Gregor se déplaçait dans le marais avec toute la subtilité d'un éléphant ivre. Ses pas éclaboussaient de larges arcs et il gardait son marteau dans ses bras, le balançant d'avant en arrière comme s'il se préparait à frapper une balle, ou cherchait à sentir si quelque chose d'invisible se cachait devant lui. Rovo laissait de l'espace à Gregor, se maintenant sur les monticules marécageux et les amas de racines qu'ils utilisaient comme ponts terrestres pour se frayer un chemin à travers la boue.

— Qu'en penses-tu ? demanda Rovo à Gregor. Ça va être une mission difficile ?

— On doit marcher, répondit Gregor. Je déteste déjà ça.

— Pourquoi donc ?

Gregor saisit l'invitation. Il se lança dans un long discours sur le fait que la plupart des missions devraient être ardentes et directes. Un atterrissage explosif dans une tempête où tout serait un enfer pendant quelques heures, puis il ne resterait que des décombres et la victoire. Patauger à travers quoi que ce soit était réservé à l'infanterie, aux personnes plus préoccupées par le territoire que par des objectifs singuliers. Les troupes de base, en d'autres termes. Pas les étoiles brillantes des services spéciaux de Defense-Corp. Pas des gens comme Gregor.

— DefenseCorp est en train de devenir ça, pourtant, dit Rovo une fois que Gregor eut terminé sa diatribe. J'ai vu tellement d'endroits dissoudre leur propre armée et sous-traiter. DefenseCorp ne se contente plus de garder des lieux ou de mener des frappes. Elle déploie de véritables armées. J'ai hâte de voir ce qui se passera quand on leur ordonnera de se battre entre elles.

— C'est mauvais pour les affaires.

— Plutôt bon en fait.

— Non, pour mes affaires, dit Gregor. Toi et moi, nous

sommes des outils. Nous devrions être utilisés pour ce à quoi nous sommes destinés. Peut-être que tu es fait pour patauger, peut-être que tu es fait pour perdre ton temps dans un endroit comme celui-ci. Mais moi ? Je suis fait pour être au cœur de l'action.

Bien sûr. Parce que quand Gregor s'était retrouvé au milieu et que la bête de boue l'avait fait valser, ça s'était tellement bien passé. Mais Rovo se retint. Les novices ne pouvaient pas faire de telles déclarations, et Gregor avait un très gros marteau.

— Je ne sais pas, dit Rovo. Je pense que nous devons changer si nous voulons garder nos emplois.

— L'emploi ? Gregor ne se retourna pas. Il ne s'arrêta pas d'avancer, mais Rovo avait la nette impression que s'il l'avait fait, il aurait fixé un visage menaçant en ce moment, une paire d'yeux déçus et une tête qui secouait. Si c'est un emploi pour toi, alors tu devrais être devant. Prendre tous les coups. Être le travailleur que DefenseCorp veut. Pour moi, Gregor tapota la tête du marteau dans sa main droite, pour moi c'est la vie.

Des sentiments ringards. Rovo en avait écrit aussi. Plein de proclamations passant par les câbles. C'était en partie pour ça qu'il était venu ici, pour s'éloigner de toutes ces absurdités. Il en avait eu pour un moment avec la créature des marais, mais maintenant Rovo avait un filtre hyperactif essayant de garder l'air respirable. Une armure grinçante qui semblait s'alourdir de minute en minute. Une faim qu'il ne pouvait pas apaiser parce qu'il ne pouvait pas atteindre le sac sur son dos, et même s'il le pouvait, le marais ne leur offrait nulle part où s'asseoir et manger. Rovo ne pouvait pas voir à plus de quelques mètres devant lui sans recourir à d'autres spectres visuels. Excitant d'être en mission, certes, mais à peine l'étoffe des rêves.

Mais si Gregor voyait cela comme une sorte d'entreprise édifiante pour l'âme, Rovo manquait peut-être quelque chose. Il était temps de voir quoi.

— Je prendrai la tête si tu veux, dit Rovo. Si tu penses que j'en suis capable.

Gregor leva sa main gauche. Toute la colonne s'arrêta.

— Aurora, dit Gregor. Le nouveau veut prendre la tête.

— Tu penses qu'il est prêt ?

— Non.

— Le nouveau, tu penses que tu es prêt ? demanda Aurora.

— Je me suis porté volontaire, non ? répondit Rovo.

— Tu comprends que si quelque chose te tue, on ne ramènera pas ton corps, dit Aurora. On est trop loin pour une évacuation, même si on en avait une.

— Je comprends.

— Alors laisse-le faire, Gregor. Aurora ne montra aucune réaction dans son armure rouge flamboyant. Essaie juste de signaler si tu vois quelque chose, laisse Rovo vivre un peu plus longtemps.

Et c'est ainsi que Rovo se retrouva à marcher tête baissée dans le brouillard, sortant du marais pour entrer dans un tout nouveau cauchemar.

JEUX DE MINES

Aurora observait son bleu faire ses premiers pas à la tête de l'escouade. D'abord hésitants, puis plus rapides lorsque Rovo réalisa que tout le monde l'attendait. Aurora comprenait — elle aussi avait été une bleue autrefois. Il fallait bien se lancer un jour.

Maintenant, Aurora restait vers l'arrière avec seulement Eponi derrière elle. Préservant un semblant de hiérarchie tandis qu'ils marchaient dans la boue. Le combat contre la bête de vase ne l'avait pas trop épuisée, bien qu'Aurora n'ait pas eu à faire grand-chose à part tirer avec son fusil et esquiver une ou deux tentacules. C'étaient Gregor et Sai qui avaient porté le plus lourd fardeau.

Mais c'était le rôle des commandants. Coordonner, planifier et réagir. Garder les pièces là où elles devaient être.

Et quelle pièce elle était devenue. Pas du tout selon le plan de qui que ce soit, y compris le sien.

Après avoir quitté sa planète à la recherche d'aventures, Aurora avait enchaîné divers petits boulots jusqu'à ce que son visage sévère et son attitude intimidante — forgée dans une maison bondée de frères et sœurs turbulents — lui valent un second regard d'un directeur régional qui l'avait placée à la tête de leur point de vente local, fournissant des armes légères à la foule hétéroclite qui vivait dans une station spatiale en périphérie.

De l'aventure à foison là-bas, surtout quand elle devait refuser une vente à quelqu'un qui semblait plus susceptible de faire un trou dans la station que d'utiliser l'arme à des fins constructives. Son compte en banque grossissait. Aurora saupoudrait ses rêves d'une touche d'audace. Jusqu'à ce que DefenseCorp les ferme.

La visière d'Aurora changea d'affichage tandis qu'elle parcourait son équipe du regard, des volutes de brume jaune flottant entre eux. Les relevés de l'escouade apparaissaient en chiffres bleus translucides devant ses yeux, pendant qu'Aurora calquait ses pas sur ceux de Sai. Signes vitaux normaux ; Sever tenait le coup après la bête. Même Sai, qui ne cessait de penser à sa famille, se sentait à l'aise. Rythme cardiaque, adrénaline. Tout allait bien. Aurora ne pouvait pas être sûre si les signes étaient meilleurs ou pires à cause du brouillard — la soupe rendait impossible de voir quoi que ce soit au-delà du spectre normal, alors on pouvait soit se détendre et accepter l'inévitable, soit paniquer.

DefenseCorp, plus petite à l'époque, avait commencé à évaluer et à détruire ses concurrents. À ce moment-là, seulement les petits poissons. Des boutiques comme la sienne qui fournissaient les moyens de défense aux citoyens ordinaires, aux milices locales et aux politiciens affamés qui pensaient qu'avoir une force de sécurité avec du mordant était plus vendeur. Parce que, soyons honnêtes, l'espace effrayait les gens. Même ceux qui s'y aventuraient, comme Aurora, le faisaient parce qu'ils n'avaient pas d'autres options. On n'abandonnait pas une place confortable dans une jolie ville avec vue sur l'océan pour risquer mille morts terribles juste parce qu'on avait la bougeotte. On allait dans l'espace parce qu'on n'avait rien à perdre.

— Doucement Rovo, dit Aurora alors que le bleu avait dépassé Gregor de plusieurs pas au point de disparaître de sa propre vue, son contour uniquement visible en vert clair sur l'affichage tête haute devant ses yeux. Si tu t'éloignes trop, on ne pourra pas t'aider.

Sa chute libre après la fermeture de la boutique avait été rapide. Surtout parce que quand on ferme un endroit rempli d'armes, les employés ne le prennent pas bien. Aurora et quelques autres employés, furieux de la destruction soudaine de leurs moyens de subsistance, avaient emporté une partie du stock que DefenseCorp n'avait pas acheté en rachetant le magasin. Des modèles plus anciens, mais toujours mortels.

Ainsi équipée, l'escouade improvisée d'Aurora avait traversé la station, provoquant le détournement et l'accélération du pas de nombreuses personnes. Un autre aspect de la vie dans l'espace : chacun s'occupe de ses affaires et tant qu'on n'est pas la cible, autant l'ignorer. Le problème de quelqu'un d'autre, le temps de quelqu'un d'autre.

Aurora n'avait pas prévu d'attaquer réellement Defense-Corp. Même dans le monde nébuleux de la justice des stations spatiales, faire exploser des gens purement et simplement avait tendance à vous faire éjecter par un sas sans beaucoup de débat, quel que soit votre argument. Peu importe à quel point c'était justifié.

Alors, quand ils arrivèrent à la section achetée et possédée par DefenseCorp, son entrée peinte en rouge et bleu, le logo en gros caractères s'étalant sur les portes et une paire de gardes musclés se tenant devant, Aurora se retrouva paralysée. Les gardes de DefenseCorp, quelque peu amusés par la menace, décidèrent de la neutraliser en leur donnant ce que tout l'équipage voulait vraiment : des emplois.

Si vous pouviez respirer et aviez besoin d'argent, DefenseCorp vous prenait.

— Attention, dit Gregor. On a quelque chose devant.

Rovo s'arrêta et Gregor le rattrapa, se tenant au début de ce qui ressemblait à un gros tronc d'arbre tombé.

— Gregor, dit Sai, sa voix trahissant l'urgence tendue que l'homme semblait toujours avoir quand le danger menaçait la vie et les membres. Ne bouge pas. Il y a une mine de profondeur juste là.

Aurora rejoignit le groupe, se tenant au milieu d'un amas de branches effondrées recouvertes de plateformes entières de mousse et de boue. Des champignons apparaissaient aussi, leurs sommets d'un bleu fluorescent. Peut-être quelque chose pour les rendre visibles dans l'air épais.

Ne pouvant pas voir la mine de profondeur, Aurora bascula sa visière pour détecter les signatures énergétiques. Pas tout à fait de la chaleur, mais plutôt le mouvement concentré d'électrons dans un petit espace. Une mine de profondeur reposait sur la perturbation des signaux, et ce signal apparaissait sous la forme d'une fine ligne bleue brillante qui émergeait à la surface du marécage puis plongeait vers une petite boîte crépitant d'énergie. La ligne traversait directement la route choisie par Rovo et Gregor, ressortant à travers une grande pierre au bout de leur tronc d'arbre tombé. La seule voie visible vers l'avant, le seul chemin apparent menant directement vers la signature énergétique plus grande et plus brillante qui se trouvait devant.

— C'est quoi une mine de profondeur ? demanda Rovo par l'intercom.

— Si tu effleures ce signal, répondit Sai, tu le sauras. Mais tu n'aimeras pas quand ça arrivera.

— Ne bouge pas, Rovo, jusqu'à ce qu'on décide d'un plan, dit Aurora. Sai avait dit à Rovo, en substance, la même chose, mais parfois un commandant devait renforcer l'évidence, surtout quand une recrue était impliquée. Vérifiez plus loin. Je détecte des signatures plus petites.

Personne ne poserait une mine ici sans rien à protéger. En effet, maintenant qu'Aurora les cherchait, elle voyait des points en quantité. Plus de mines, oui, mais aussi des pistes de signaux menant à ce qui ressemblait, dans cette vue du spectre énergétique, à des cubes violets froids semblant flotter dans les airs. Aurora supposait qu'ils étaient attachés aux arbres, des tourelles attendant qu'une mine explose pour repérer des cibles dans la pénombre. Elles auraient pu être programmées pour tirer sur n'importe qui, mais peut-être que ces gens dans les esquifs passaient près d'ici. Pas question d'avoir des tirs amis. Mais les passagers des esquifs éviteraient les mines, contrairement à tout intrus au sol. Une façon rudimentaire de protéger un endroit, mais efficace, surtout si votre principale menace venait de créatures vivant dans le marécage.

—Chef, dit Eponi derrière elle. On est sur le point d'entrer dans un champ de mines ? C'est quoi ce boulot ?

Aurora se posait la même question. Ils avaient essuyé des tirs dès qu'ils s'étaient approchés de Dynas, et Defense-Corp leur avait donné un vaisseau de largage faible qui avait à peine réussi à atteindre la surface. Un signal faible à suivre et aucune autre information sur laquelle s'appuyer, aucun soutien. Aurora avait-elle fait quelque chose pour déplaire à DefenseCorp ? Ou Sever ? DefenseCorp était connu pour envoyer des unités problématiques dans des missions suicides comme moyen facile de se débarrasser des problèmes, mais Aurora ne savait pas pourquoi Sever mériterait ce genre d'élimination extrême.

— Je ne sais pas, dit Aurora. Mais nous sommes là maintenant, et nous allons sortir de cette planète ensemble. Sai, peux-tu t'occuper de celle-ci ?

— Peut-être ? répondit Sai. J'ai besoin que le bleu et Gregor reculent. Très lentement.

— Je croyais que tu venais de me dire de ne pas bouger, répliqua Rovo.

— Nouveaux ordres, dit Aurora. Gregor, tu passes en premier. Un pas à la fois, et guide Rovo avec toi.

— Tu vois ces tourelles, pas vrai ? dit Eponi. J'en vois six. Si elles s'activent, on est morts.

— Elles sont liées aux mines, dit Aurora. Si on n'en déclenche pas une, elles ne nous tireront pas dessus.

La première mission qu'elle avait eue pour DefenseCorp, probablement juste pour la faire quitter la station spatiale, avait été sur un monde glacé et dévasté où Aurora, avec une équipe malchanceuse, avait été chargée de défendre une installation minière contre des créatures indigènes.

Des bêtes rugissantes recouvertes de glace avec autant de bras et de griffes que ses cauchemars pouvaient en imaginer, elles creusaient à travers la glace, des hordes voyageuses attirées par le grondement des foreuses minières.

L'escouade d'Aurora avait utilisé des mines de profondeur exactement comme celle-ci. Ils les plantaient avant chaque session de forage, chaque nuit, et se réveillaient souvent au son d'explosions projetant des geysers de neige dans le ciel quand les créatures tentaient une nouvelle attaque. Aurora se levait d'un bond, attrapait ses armes, et au moment où la porte de l'habitat s'ouvrait et que les vents glacials sapaient la force de ses os, il y en avait des dizaines qui griffaient et grognaient. Elle tirait toute la nuit, des lasers jaunes illuminant l'obscurité jusqu'à ce que les trois étoiles lointaines amènent la lumière du jour.

— Tu es sûre de ça ? dit Eponi. Si tu te trompes, et je sais que je me répète mais je pense que c'est un point important à souligner, on est morts.

— J'en suis sûre.

La peur pouvait être un moyen de maintenir une escouade soudée. L'idée que s'ils se séparaient, ou cédaient à la panique, ils mourraient tous. Cette peur de la mort maintiendrait l'escouade concentrée. Les garderait prêts pour ce que la mission exigeait. Le problème avec la peur était qu'elle se répandait comme un poison. Aurora pouvait la voir commencer, l'entendre dans la voix d'Eponi, et dans la respiration superficielle de Rovo qui passait par la transmission parce qu'il avait négligé de fermer son micro. Des erreurs négligentes qui menaient à de pires résultats qui menaient à plus de peur. Un cercle vicieux se terminant par leur mort à tous.

Aurora ne pouvait pas laisser cela arriver. Ne le laisserait pas. Elle garda sa voix stable, donna les ordres, guida Rovo et Gregor en arrière et dit à Sai d'avancer. L'expert en démolition aurait sa chance. Désarmer la mine et ils pourraient avancer.

Si Sai échouait ?

Eh bien, Aurora avait toujours la peur.

12

MINE DE PROFONDEUR

De toutes les compétences qu'un père devrait enseigner à son enfant, Sai estimait que les explosifs et le déminage devaient figurer parmi les cinq premières. Du moins en termes d'utilité, savoir démonter un ordinateur, un véhicule ou, dans ce cas, une mine de profondeur, était une question de survie.

La vie dans l'espace était une existence enveloppée de technologie — savoir la rendre inoffensive ou l'empêcher d'exploser était une compétence commercialisable. Du moins, si l'on en croyait le salaire de DefenseCorp.

Non pas que Sai aurait l'occasion de les enseigner à ses enfants de sitôt, voire jamais, à cause de la physique et des vastes distances qui le séparaient de sa famille.

Ces pensées bourdonnaient dans l'esprit de Sai alors qu'il s'approchait furtivement de la mine qu'on lui avait ordonné de désactiver. Gregor et Rovo étaient retournés derrière lui, se mettant à couvert avec Eponi et Aurora plus profondément dans le marécage, laissant à Sai de l'espace pour travailler. Et aussi, bien sûr, leur donnant de la distance pour ne pas mourir si cette mine explosait ou déclenchait les tourelles qui fondraient Sai au milieu de ce bourbier désolé.

De toutes les planètes où l'on pouvait se retrouver coincé, Dynas avait le douteux privilège d'être la pire que Sai ait jamais vue.

Des déserts, des forêts luxuriantes, même des mondes océaniques où la société fonctionnait sur de vastes cités flottantes, Sai les avait tous vus et aimés. Il avait pris des photos avec sa visière et les avait jetées dans le maelstrom numérique qui allait et venait à travers la galaxie jusqu'à sa famille. Après quelques années ou plus, ses enfants pourraient avoir un aperçu de ce que leur père faisait. Heureusement, ils le verraient avant de mourir, l'espérance de vie poussant les gens à vivre plusieurs siècles, à moins d'être un imbécile comme Sai et de se lancer dans une carrière de combat. Ce que, peut-être, ses enfants avaient déjà fait...

La mine. C'était là-dessus que Sai devait se concentrer. De près, Sai pouvait voir que l'engin avait été encastré dans la base d'un rocher recouvert de mousse. Le gros arbre sur lequel Sai se tenait menait directement à la pierre, bien qu'il ne pût rien voir continuer de l'autre côté. Alors l'idée était que quelqu'un marchant sur son chemin déclenche la mine et tombe dans le marécage pendant que toutes les tourelles s'animaient et rôtissaient son corps sans défense ? Ce n'était pas le piège le plus sophistiqué, mais ça pourrait marcher.

Rovo avait failli la déclencher, non ?

— Tu vas bouger ou quoi ? demanda Eponi. Je ne sais pas pour toi, Sai, mais je n'aime pas cette planète. Il y a d'autres endroits où je préférerais être.

— Je prends mon temps parce que si je ne le fais pas, nous mourrons tous, répliqua Sai. Si tu veux essayer, vas-y.

— Je ne voudrais pas te faire de l'ombre.

Bien sûr. Ça avait du sens.

Sai s'approcha davantage, s'enfonçant jusqu'à la taille dans la boue, rampant vers la mine. En s'approchant de l'extrémité, le tronc se terminait en pointe, forçant Sai à se mettre à quatre pattes, agrippant le tronc moussu en l'enlaçant et se tortillant pour avancer.

De près, la mine, grâce à quelques bosses argentées que la mousse n'avait pas encore recouvertes, révélait quelques secrets. À savoir, la mine ne déclencherait pas seulement les tourelles. Elle avait une base complète, enfoncée dans le dos de la pierre où un ingénieur entreprenant avait creusé la roche pour y nicher une surprise. Il semblait aussi que cette mine en particulier, et peut-être tout le système de défense, était assez récent, et heureusement pour Sai : un peu plus tard et toutes les pièces visibles de la mine auraient été recouvertes par la mousse verte luisante qui poussait sur chaque centimètre carré disponible.

Pour désarmer la mine, cependant, Sai devait passer derrière elle, jusqu'aux explosifs et à l'endroit où le petit bloc d'alimentation de la mine serait stocké. Sans ce bloc, la mine ne pouvait envoyer aucune information aux tourelles, et ils seraient en sécurité. La mine pourrait toujours exploser, mais si Sai s'occupait de l'alimentation et que quelqu'un marchait quand même sur cet engin, alors ce serait de leur faute. Sai bascula sa visière sur une vue polarisée qui traversait l'eau du marécage et lui donnait une bonne idée de la profondeur, pour voir s'il pouvait contourner la mine.

— Presque vingt mètres de profondeur par ici, dit Sai. Faites attention où vous mettez les pieds.

— Je croyais que tu aimais nager ? dit Gregor, la combinaison envoyant la voix de Gregor directement à l'oreille de Sai, comme si Gregor s'était déplacé juste à côté de lui pour poser la question.

— C'est le cas, juste pas en portant des dizaines de kilos

d'armure. Nous ne sommes pas tous bâtis comme des camions.

— À qui la faute ?

Sai regrettait les premiers temps, quand Gregor gardait sa bouche fermée et jouait à la perfection le rôle de l'homme fort. Maintenant, il essayait constamment d'être malin, et il avait développé suffisamment d'arrogance pour aller avec son gros marteau. Ennuyeux. Mais bon, chaque escouade avait ses problèmes, et ceux de Sever n'étaient pas aussi graves que la plupart. Au moins, Sever était efficace. Au moins, Sai savait que Gregor ne fuirait pas un combat.

En parlant de combats, il devait passer cette mine.

Peut-être que si Sai s'accrochait au bout du tronc, il pourrait descendre dans le marécage et contourner la mine pour trouver quelque chose à quoi s'accrocher de l'autre côté. Le rocher et sa mine faisaient un peu plus d'un demi-mètre de long. Assez gros pour l'agripper, mais pas assez petit pour le soulever et le déplacer. Sai tendit les bras, posa ses mains sur la pierre et déplaça ses jambes, prêt à se laisser tomber et à se tirer autour. Alors que Sai avançait sa jambe droite, il s'appuya sur ses mains, les enfonçant dans la mousse pour avoir une prise ferme sur la pierre.

La mine émit un bip. Un avertissement. Bien sûr, ils avaient mis des capteurs de pression tout autour de la pierre. Les mains de Sai n'avaient probablement pas le poids nécessaire pour la déclencher immédiatement — on ne voudrait pas que les mines explosent pour de petits animaux — donc le bip devait les effrayer.

— Ne vous inquiétez pas, dit Sai en retirant ses mains et en reculant sur le tronc. Ça va être un peu délicat.

— Pourquoi devrions-nous nous inquiéter ? dit Rovo. Nous sommes loin derrière.

Les explosifs. La meilleure compétence. Le meilleur rôle.

— Tu peux arrêter de parler et te bouger ? dit Aurora. Je ne veux pas que ces aéroglisseurs nous rattrapent pendant qu'on attend.

Bon. Sai ne pouvait donc pas utiliser la pierre comme lest. Heureusement, ces armures étaient équipées de beaucoup de matériel. Sai prit une ligne d'attache, l'accrocha à un mousqueton à sa taille, et en planta l'extrémité dans le tronc d'arbre où elle s'ancra solidement. Il la testa avec quelques secousses, se disant que s'il sautait et que l'arbre entier se détachait, eh bien, au moins Sai aurait essayé. Cela fait, Sai leva les yeux vers la brume jaune au-dessus et regretta de ne pas avoir un meilleur ciel auquel dire adieu.

L'Escouade Sever ne pouvait pas choisir ses moments de bravoure ni où ils se produisaient, ils devaient simplement y aller quoi qu'il arrive.

Sai glissa du tronc et s'enfonça. Il tendit les bras pour s'accrocher à n'importe quoi, mais il continua à descendre. Une partie profonde du marécage. À travers sa visière, Sai vit de petites taches vertes tandis que des plantes dérivaient dans le courant lent. Un compteur bleu-blanc apparut en haut de son champ de vision, indiquant son niveau d'oxygène. La combinaison supposait que Sai voulait aller sous l'eau et prit les précautions nécessaires, aucune d'entre elles ne l'empêcherait de se noyer au fond du maudit marais de Dynas, bien qu'elles le maintiendraient en vie suffisamment longtemps pour le regretter.

La ligne d'attache vint à son secours lorsqu'elle atteignit sa longueur maximale. Comme s'il atterrissait sur un lit épais et moelleux, Sai flotta sous la mer boueuse.

— Tu as besoin d'aide ? demanda Aurora.

— Ça va.

— Ça n'en a pas l'air, ajouta Eponi.

— Je pourrais dire la même chose de toi. Sai n'était pas sûr que cela constituait une bonne répartie, mais dans son état actuel, il s'en fichait.

L'interrupteur pour rétracter la ligne d'attache se trouvait à l'intérieur du mousqueton, alors Sai tendit le bras et l'actionna, commençant une lente remontée vers la surface. Tandis qu'il s'élevait, Sai nagea avec ses bras encombrants recouverts d'armure. Il ne bougeait pas beaucoup, pas très vite, mais il parvint à passer sous le rocher de la mine et de l'autre côté, réussissant à tendre le bras en arrière pour actionner l'interrupteur, arrêtant la rétraction de la ligne d'attache alors qu'il perçait la surface, trouvant un nouveau banc de sable à environ un demi-mètre sous l'eau pour se tenir debout. Sai relâcha un peu de mou pour éviter que son propre grappin ne le ramène dans les profondeurs, puis cligna des yeux devant ce qu'il vit.

À travers la brume, il pouvait distinguer les contours d'un grand bâtiment, dont le sommet disparaissait dans la brume. Le marécage s'asséchait considérablement aussi, passant rapidement de l'eau à la boue et à la roche moussue au-delà de la mine. Assez proche, presque, pour sauter du rocher aux bas-fonds. Une tentation qui aurait conduit un visiteur impatient à déclencher sa perte sans y réfléchir à deux fois.

— Nous sommes presque au bâtiment, dit Sai. Je suis de l'autre côté de la mine, alors je vais la désarmer maintenant.

— Beau travail, dit à nouveau Aurora. Armons-nous. Une fois que nous aurons un chemin vers le bâtiment, nous le prendrons.

Sai se retourna vers la mine. Il cligna des yeux et bascula sa visière en mode vision aux rayons X, où il pouvait voir les lignes bleu clair indiquant les contours du boîtier explosif de la mine. Recouvert de mousse, mais bien là. Maintenant, l'astuce serait de positionner ses mains pour l'ouvrir sans mettre trop de poids sur le dessus du rocher. S'il mettait ses deux mains contre la mousse, Sai n'aurait pas de main libre pour ouvrir le boîtier et retirer le bloc d'alimentation. S'il ne mettait pas ses deux mains sur le rocher pour se stabiliser, alors Sai glisserait à nouveau sous l'eau.

Il avait besoin d'une troisième option. Et il en avait une. Sai fit un petit saut lent depuis le banc de sable, dérivant vers le rocher moussu. Il n'avait qu'une chance, sinon Sai coulerait à nouveau, mais il ne pouvait pas aller trop vite ou il déclencherait la mine.

Sai inclina la tête et écrasa sa visière contre l'arrière du rocher. Son casque s'accrocha dans la mousse, du goo vert recouvrant sa vision. Mais son casque tenait bon, la mousse offrant suffisamment de prise pour que, avec sa main droite, Sai parvienne à un support disgracieux pour le maintenir à flot. Une étreinte maladroite, mais fonctionnelle.

La mine resta silencieuse. Il était en vie.

Maintenant, passons au vrai travail. Sai fit claquer son poignet gauche et engagea l'outil multifonction. Le petit dispositif, que chaque membre de Sever possédait, contenait des découpeurs laser, des tournevis et d'autres gadgets simples. D'abord, Sai passa au microlaser. Il traça un chemin à travers la mousse avec sa main gauche, presque comme s'il pointait un faisceau du doigt. Brillant et chaud, la mousse recula, brûlée noire sur les bords, une odeur de brûlé dans l'air. Sous la végétation, la trappe arrière de la mine, pas plus grande que la paume de Sai, attendait d'être ouverte.

— Je l'ai presque, dit Sai. Mais j'ai besoin que quelqu'un soit prêt au cas où il y aurait un interrupteur à homme mort là-dessus.

— Un interrupteur à homme mort ? demanda Rovo.

— Parfois, on peut truquer ce genre de chose pour qu'elle explose s'il n'y a plus d'alimentation, expliqua Sai. C'est dangereux, parce que ça signifie qu'on ne peut plus toucher la mine une fois qu'elle est placée, mais je ne sais pas à qui on a affaire.

— Je vais te récupérer, dit Gregor, et bien que Sai ne puisse pas voir l'homme s'approcher depuis son point de vue actuel écrasé contre le rocher, il se sentit un peu mieux.

Non pas que Sai s'attendait à survivre si la mine explosait, mais peut-être, juste peut-être.

Sai bascula l'outil multifonction sur le tournevis à coin, une pièce nano conçue pour ouvrir les rabats serrés comme celui-ci. Avec son bord descendant au niveau moléculaire, Sai pressa le tournevis à coin contre la plaque de la mine et fléchit vers la gauche. Sai ne pouvait pas voir la chose s'ouvrir brusquement, mais il pouvait sentir le pop. Une étape de plus accomplie.

Maintenant, Sai devait voir à l'intérieur, et cela signifiait retirer son casque du bord du rocher. Lentement, doucement, Sai se dégagea de la mousse agrippante pour libérer sa tête. Sa main gauche atteignit le bord de la mine, dans l'espace ouvert créé par le panneau, et avec la prise de sa main droite sur la pierre, Sai parvint à avoir une bonne vue à l'intérieur. Une simple batterie longue durée, et les packs d'explosifs attachés, avec un million de petits fils menant à ces capteurs de pression. Sai devait d'abord couper ceux-là, puis s'occuper du bloc d'alimentation.

Il leva sa main gauche, avec l'intention de repasser au microlaser. Mauvaise décision. Le poids soudain fit glisser sa main droite de la mousse, et quand Sai essaya de se rattraper, il tendit la main gauche, saisit les packs d'explosifs et les arracha de la mine en tombant dans l'eau. Et cela, plus que tout, le sauva. Submergé, Sai fixa la masse détrempée d'explosifs déchirés tandis que leurs poudres fuyaient, inutiles, dans la boue. Tiens donc ? Pas exactement le plan, mais un bon désarmement comportait beaucoup de chance.

Sai refit surface, sa bouche déjà ouverte pour délivrer son affirmation d'une bonne action accomplie, quand le chœur sonique d'une énergie mortelle l'arrêta net. Comme le pire essaim de moustiques jamais entendu, les tourelles tout autour d'eux se mirent en marche. Pourquoi ? Parce que Gregor se tenait là, son marteau enfoncé exactement là où la mine avait été.

— J'ai dit que je te sauverais, dit Gregor, retirant son marteau de l'épave.

— On va tous mourir, répondit Sai.

13

UNE ENTRÉE FRACASSANTE

Résoudre un problème en crée une douzaine d'autres. Personne n'a jamais dit ça, mais c'est ce que pensait Gregor alors que son marteau terminait sa trajectoire à travers la masse métallique et rocheuse de la mine, dispersant des composants partout. En matière de démolition, celle-ci n'était pas particulièrement satisfaisante ; la mine était trop petite. Elle manquait des parties molles d'une cible vivante. Mais une chose qu'on apprenait vite quand on avait un marteau, c'était qu'on ne se plaignait pas de l'occasion de frapper, peu importe ce qu'on détruisait.

Les tourelles, cependant, ne semblaient pas enclines à laisser Gregor savourer le moment.

— Sors Sai de là et partons, lança durement la voix d'Aurora sur le canal de l'équipe. Le bâtiment est juste devant, on ne peut pas affronter tout ça.

Gregor aurait aimé essayer, mais ce n'était pas lui qui donnait les ordres. Et, au fond de lui, Gregor savait qu'il ne devrait pas. Alors il tendit son marteau, le plongea dans la boue et quand il sentit Sai s'y accrocher, Gregor tira vers le haut au moment où le premier éclair frappait le tronc à ses pieds.

Alors que le premier éclair faisait voler en éclats le bois pourri sur lequel Gregor se tenait.

La ligne de liaison de Sai s'envola tandis que Gregor glissait dans l'eau, avant de se hisser d'une main — sa main droite ne lâcherait le marteau que s'il mourait — sur les restes rocheux qui avaient retenu la mine. Autour d'eux, le marécage se liquéfiait sous la pluie de lasers brûlants. Comme si Dynas lui-même s'était armé et avait décidé que l'Escouade Sever serait sa première et unique cible.

— Il nous faut un abri ! cria Rovo en se recroquevillant derrière un arbre, agitant son fusil, cherchant une cible dans le bourbier brumeux.

— Non, vous devez bouger, répliqua Aurora, et Gregor eut à peine le temps de se hisser sur le rocher avant que les trois ne le dépassent en trombe, les propulseurs de leurs armures les portant au-dessus de Sai et Gregor, les envoyant en longs bonds vers des monticules moussus à plusieurs mètres. Les trois atterrirent avec toute la grâce qu'on pouvait attendre de soldats en armure maladroits sautant à travers des fontaines de gaz et de laser. Rovo glissa sur des pierres pour s'écraser face la première dans la boue, entraînant Aurora dans sa chute vers les mêmes bas-fonds, avant de s'enfoncer et de disparaître sous l'eau. Eponi atterrit sur ses pieds, projetant de la boue et de la vase partout. Sai n'était pas loin derrière, se traînant dans le sable et rampant à travers les bosquets de roseaux.

Gregor avait un meilleur plan.

Son marteau dans la main droite, Gregor s'accroupit sur le rocher et sauta en utilisant ses propulseurs, balançant son marteau au-dessus de sa tête et attrapant une grosse branche avec la tête du marteau. L'arme s'accrocha et Gregor se projeta en avant, tel un héros mythique. Combiné à ses propulseurs, Gregor vola assez loin pour dépasser ses coéquipiers et atterrir le premier sur la terre ferme menant à la structure.

Le bâtiment, de près, se révéla être bien plus qu'un petit avant-poste. Comme la mine, ses murs gris-noir étaient envahis de mousse et de choses plus grosses — Gregor aurait juré que des arbres entiers jaillissaient de ses recoins — comme si personne n'avait jamais nettoyé le bâtiment depuis sa construction initiale. Des lumières crépitaient de l'intérieur, donnant leur éclat blanc à la brume.

Pas vide, donc.

Sur la gauche, dans une section dégagée, se trouvait une plate-forme d'atterrissage flottante avec assez de place pour plusieurs aéroglisseurs. De la plate-forme partait une large rampe métallique avec des supports enfoncés profondément dans le marais, menant à ce qui semblait être la porte principale de la structure et la seule partie du bâtiment qui semblait avoir été utilisée récemment. Brillant dans l'air humide, la porte paraissait stable, conçue pour les livraisons, pas pour les assauts. Ce que Sever avait ici n'était pas une centrale électrique, mais une véritable base, dont le toit s'élevait sur plusieurs étages et qui, apparemment, continuait plus bas sous la surface.

Si Dynas avait été un monde ennuyeux et arriéré auparavant, eh bien, il l'était toujours, mais au moins la mission devenait plus amusante.

Une douleur lancinante balaya sa concentration ; Gregor reçut un tir dans la jambe. Son armure dévia la majeure partie, mais les lasers étaient suffisamment chauds pour que leur chaleur pénètre partiellement. La combinaison signala une possible brûlure au second degré sur sa peau. Ce qui signifiait que Gregor devait bouger. Les autres éclaboussaient derrière lui alors que Gregor faisait son premier pas lourd vers la porte. Ils auraient dû être morts depuis longtemps sous le feu des tourelles, mais alors qu'ils avançaient, les lasers continuaient de frapper autour d'eux à des angles étranges. Peut-être que la brume les faisait rater, ou peut-être qu'elles étaient trop vieilles et dysfonctionnelles. Quoi qu'il en soit, Gregor n'allait pas s'en plaindre. Survivre dans ce jeu demandait autant de chance que de compétence, et aujourd'hui, après tant de malchance, ils méritaient un peu de chance.

— Je vais défoncer la porte, dit Gregor, reprenant le marteau à deux mains alors qu'il fonçait vers l'entrée.

Malgré la douleur de sa jambe, Gregor adorait ce moment. L'adrénaline montait. Une cible claire avec l'odeur d'ozone et de bataille épaisse dans l'air. La seule chose qui pourrait rendre ça meilleur serait quelques trucs de plus à écraser.

Comme si elle entendait le souhait de Gregor, la brume autour d'eux se déplaça, soufflée par des moyens artificiels. Deux aéroglisseurs plongèrent, chargés de soldats. Depuis la navette de largage, et à travers la lunette du canon, Gregor n'avait pas pu bien voir ce que portaient leurs ennemis, mais d'ici, de près alors que les cibles sautaient de leurs aéroglisseurs et atterrissaient dans les eaux peu profondes, il pouvait voir un maillage synthétique palmé les recouvrant. Une combinaison moulante, donc. Un équipement visant la fonctionnalité plutôt que la protection hardcore de Sever, mais à chacun ses préférences. Peut-être avaient-ils une ventilation spéciale pour l'air du marais.

Plusieurs imbéciles, dégainant leurs fusils de leurs bandoulières, se précipitèrent pour couper la route de Gregor vers la porte. Un geste audacieux. Un geste stupide.

Gregor, maintenant à moins de cinq mètres, activa ses

propulseurs et sauta. Les gardes du skiff ne s'attendaient visiblement pas à ce qu'un homme imposant en armure gris-bleu bondisse à trois mètres de hauteur, car leurs premiers tirs sous-estimèrent lamentablement sa hauteur et passèrent sous Gregor sans rien toucher. Leur défense fut tout aussi inefficace : les soldats levèrent leurs armes, tentèrent de suivre la trajectoire de chute de Gregor et réalisèrent qu'il allait leur tomber dessus. Il atterrit sur le premier tout en balançant son marteau dans un large arc de gauche à droite, atteignant les deux autres et les projetant au sol.

Le sable mouillé et mou engloutit les corps.

Gregor jeta un coup d'œil vers les skiffs, mais l'Escouade Sever avait commencé à faire sa part, et les lasers de leurs fusils forçaient les soldats des skiffs à se baisser, cherchant maladroitement à se défendre. Gregor avait le champ libre jusqu'à la porte et, après un bon coup de pied pour achever l'homme sur lequel il avait atterri, un garde haletant, Gregor parcourut les derniers mètres jusqu'à sa cible. Il leva le marteau et l'abattit contre la grande porte. L'arme rebondit avec un fort tintement qui résonna au-dessus du combat et envoya une secousse vibratoire le long du manche, puis dans les bras de Gregor, avec suffisamment de vigueur pour faire vibrer tout son corps.

Gregor aurait perdu sa prise sur le marteau sans les efforts de sa propre armure pour garder ses mains collées à la puissante arme. Une modification qu'il avait apportée après une mission similaire sur X-29, un monde créé et dirigé par des robots obsolètes, où les vibrations étaient devenues si fortes après des coups consécutifs pour briser la porte de fabrication d'une usine de robots que Gregor s'était cassé les deux poignets.

Maintenant, il tenait bon, il se précipitait pour un deuxième coup et, ce faisant, tournait la base du manche.

L'énergie cinétique des derniers coups — la roche de la mine venant en premier — avait préparé le marteau, et cette fois, lorsqu'il se connecta, la force d'une douzaine de tonnes métriques s'écrasa contre la porte et la fit voler de ses supports. La grande porte s'effondra vers l'intérieur, atterrissant dans l'espace d'entrée avec un bruit sourd immensément satisfaisant.

Gregor souleva le marteau, examina le résultat, et annonça :

— Sever, nous avons notre entrée.

14

ACROBATIES

Rien de tel qu'une charge à trois contre une douzaine. Eponi laissa Aurora prendre la tête alors qu'elles pataugeaient dans la boue sablonneuse en direction des embarcations et des soldats qui en débarquaient. Si on lui avait demandé de décrire leurs uniformes, Eponi aurait dit qu'ils ressemblaient aux tenues aquatiques de Vitara, une planète aquatique où tout le monde portait des combinaisons étanches pour éviter que l'humidité ne transforme la population en pruneaux. Dynas, qui semblait être un gigantesque marécage, pouvait bien être la version la plus dégoûtante.

Rien de tout cela, cependant, n'empêcha Eponi de tirer avec son pistolet. Ses rafales jaunes se mêlaient aux tirs blancs des tourelles — qui étaient, selon elle, les tourelles les plus imprécises qu'elle ait jamais vues — et aux tirs orange de l'ennemi pour créer un magnifique spectacle lumineux accompagné des cris des blessés et des mourants potentiels. Pas que l'Escouade Sever en fasse partie. Eponi sentait son armure encaisser des coups ici et là, les brûlures laser lui mordant les jambes et les bras, mais à moins de recevoir des tirs répétés au même endroit, elle devrait s'en sortir.

DefenseCorp, et l'Escouade Sever, s'étaient préparés à cela. Leurs missions garantissaient des échanges de tirs. L'équipement de Sever leur assurait pratiquement d'en sortir vivants.

Alors, quand Rovo la dépassa en sprint, un pistolet laser à courte portée dans chaque main, tirant comme un forcené vers les embarcations, comme s'il essayait d'abattre ses ennemis par le simple nombre de tirs plutôt que par leur précision, Eponi le laissa faire. Elle ajusta son angle pour que l'armure imposante de Rovo et le sac de provisions qu'il transportait depuis la navette de largage lui servent de couverture improvisée, tandis que sa course effrénée attirait les gardes de l'embarcation la plus à droite vers le bâtiment pour lui couper la route.

Les bleus devaient apprendre de leurs erreurs, et se précipiter en avant de l'équipe en faisait certainement partie.

Eponi savait, de son expérience de pilote de course, qu'elle obtiendrait de meilleurs tours sur un circuit inconnu en passant le premier tour à suivre le pilote le plus familier. Ils sauraient où ralentir, où accélérer, les raccourcis et ainsi de suite. Ensuite, au tour suivant, elle les dépasserait et prendrait la tête. Une victoire facile. Du moins, c'est ainsi que ça se passait dans sa tête. Comment ça se passerait quand elle aurait gagné assez d'argent pour retourner sur le circuit.

Bien que Rovo ne soit pas le plus expérimenté, il pouvait toujours montrer à Eponi ce qu'il ne fallait pas faire.

— Prends à gauche ! lui dit Aurora, la chef envoyant la communication directement par les canaux liés et contrecarrant le plan d'Eponi. Rovo et moi allons retenir leur attention. Tu t'occupes du flanc.

C'était nécessaire, car il semblait que les soldats étaient en train d'assembler un mur d'énergie le long de la rampe menant à l'entrée principale du bâtiment où... Gregor chargeait avec un marteau. Les gardes semblaient ignorer l'homme, et Eponi aperçut trois cadavres écrasés qui constituaient un argument convaincant pour expliquer pourquoi. Sai, abandonnant le Capitaine Marteau, rejoignit les trois autres, ajoutant son propre fusil à leur chœur qui, pour le moment, maintenait l'ennemi derrière leur couverture grandissante.

Le mur d'énergie captait les tirs laser et absorbait leur puissance, chargeant les batteries du champ à chaque tir. Pour prendre de flanc une position défensive comme celle-ci, Eponi devait aller à gauche et le faire sans être vue. Son pas suivant éclaboussa la boue et lui donna une idée. Parfois, le meilleur mouvement consistait à simuler le pire.

— J'y vais, dit Eponi. Couvrez-moi.

Elle plongea en avant, agitant ses bras en tombant, donnant l'impression d'avoir été touchée ou d'avoir perdu toute coordination. Dans l'essaim de tirs laser, n'importe qui aurait parié sur la première option. Eponi s'écrasa sous la vase trouble et essaya de se faire aussi basse que possible, le compteur d'oxygène de sa visière lui servant d'indicateur pour savoir si elle était suffisamment immergée. Puis elle pressa ses bras et ses jambes contre le fond sablonneux, se propulsant à une vitesse lente mais constante qui ne devrait laisser que peu de traces à la surface. Garder les soldats dans l'ignorance le plus longtemps possible.

— Dépêche-toi, les mots d'Aurora lui parvinrent avec un peu de statique due à l'interférence du liquide. Nous sommes exposés, mais Gregor a ouvert la porte. Dès que tu nous donneras une chance, on foncera vers le bâtiment.

Eponi voulut dire que ce n'était pas elle qui avait décidé de lancer cette charge imprudente à travers le marécage boueux, mais elle garda le silence. Aurora avait toujours été du genre attaquant, estimant qu'une forte offensive valait mieux qu'une défense lâche dans toutes les situations. Une tactique qui correspondait souvent bien à la structure de mission de Sever, en infériorité numérique, sous-armée et poursuivie ; s'ils arrêtaient de bouger, Sever finirait probablement morte. Mais ici ? Sur ce monde brumeux où n'importe qui aurait du mal à organiser une réponse cohérente ? Sever aurait pu rester à couvert derrière les arbres, éliminer les gardes et les tourelles depuis leur position, et s'en sortir plutôt bien.

Au lieu de cela, Eponi se hissa sur la plateforme d'atterrissage, près de la deuxième embarcation, la plus éloignée. Elle dut utiliser les propulseurs de ses bottes pour monter — non pas qu'Eponi manquât de bons vieux muscles, mais ces combinaisons étaient sacrément lourdes — et ces mêmes propulseurs lui firent faire un glissement inattendu et grinçant sur la plateforme flottante en caoutchouc jusqu'à ce qu'elle cogne son casque contre le fond de l'embarcation. Ça lui secoua bien le crâne, mais combien de fois s'était-elle cognée jusqu'à en être presque étourdie en exécutant une manœuvre sur le circuit ?

Le silence blessait Eponi, cependant. Si personne de Sever n'avait vu son glissement et son choc, si aucun d'eux ne l'avait rappelée à l'ordre, alors l'escouade devait vraiment être en difficulté. Elle leva les yeux par-dessus le nez du skiff pour évaluer la situation. Les gardes avaient achevé leur ligne de champ d'énergie et l'utilisaient maintenant pour se tenir debout et envoyer des éclairs crépitants vers

Rovo, Aurora et Sai, qui s'étaient recroquevillés derrière un rocher en train de fondre au milieu de l'approche.

Les tirs de riposte de Sever manquaient d'intensité alors que la suppression ennemie s'avérait presque totale. Le rocher, lui aussi, ne parvenait pas à offrir une protection contre plusieurs tourelles dont les rayons incandescents semblaient se rapprocher de plus en plus. Un coup d'œil vers le bâtiment montrait que Gregor avait définitivement enfoncé la porte, mais quelques gardes l'avaient coincé à l'intérieur, Gregor tirant à l'aveuglette sans risquer sa corpulence.

Eponi préférait sauver l'escouade par un pilotage impeccable, mais vu la situation, elle allait devoir se salir les mains. Elle remit son pistolet dans son étui et tendit le bras derrière son dos vers l'arme d'assaut verrouillée à son armure. À son contact, le fusil d'assaut se libéra et Eponi le tira vers elle, saisissant la poignée du canon de sa main gauche. Dieu merci pour les armes à énergie — Eponi avait déjà manipulé des armes à projectiles, et celles-ci, avec leurs chargeurs encombrants et leurs métaux plus lourds, rendaient ce genre de mouvements beaucoup plus difficiles. L'arme ne semblait pas exactement légère comme une plume, mais Eponi n'eut aucun mal à la pointer vers la ligne des gardes et à maintenir la gâchette enfoncée. Le gaz s'ionisa, se réchauffa et se propulsa en éclairs lumineux qui s'écrasèrent sur les gardes accroupis et calmes.

Leurs combinaisons bleu-noir explosèrent dans un feu orange lorsqu'Eponi fit mouche, abattant cinq soldats dans les premières secondes. Les autres réagirent rapidement, se jetant de la rampe dans l'eau du marais et abandonnant leur fortification. L'un d'eux parvint à lui tirer dessus, le rayon frappant le nez du skiff et laissant une marque carbonisée sur le revêtement vert et marron par ailleurs laid comme tout.

— Voilà votre ouverture, dit Eponi, continuant à balayer de tirs les bords de la rampe pour décourager toute bravoure.

— On fait la percée. Gardez la couverture, puis changez une fois qu'on aura atteint le bâtiment, lança Aurora en menant elle-même la charge, encore une fois, le trio grimpant et courant au-delà du rocher vers l'ouverture.

Il était logique qu'Eponi passe en dernier. Les gardes maîtrisés, Eponi pivota et abattit quelques-unes des pitoyables tourelles, faisant exploser les cubes hors des arbres et envoyant leurs épaves enflammées dans l'eau. DefenseCorp avait conçu les fusils d'assaut pour le contrôle des foules, pas pour la précision, mais quand la cible ne bougeait pas, même une arme comme celle-ci pouvait faire le travail.

— Prête, Eponi, dit Aurora.

Le signal donné, Eponi glissa le fusil d'assaut dans son emplacement sur son armure et contourna le nez du skiff. Les gardes n'attendirent pas non plus un meilleur moment, mais crièrent que l'occasion était arrivée et commencèrent leurs propres ruées vers la plateforme d'atterrissage. Aurora et Rovo donnèrent à Eponi un feu de couverture, sortant leurs propres fusils et déversant suffisamment de rayons bleus pour qu'Eponi ait l'impression de courir à travers une explosion aquatique. Les soldats envoyèrent des lasers hasardeux et manqués après elle, et après plusieurs longues secondes et de plus longues enjambées, Eponi franchit la porte brisée et entra dans le quai de chargement de la base.

Des caisses de fournitures encombraient la vaste zone, l'espace immédiat au-delà de la porte étant maintenu dégagé pour que les nouveaux transports puissent décharger, faire demi-tour et sortir. Au-delà de cette zone, les caisses nervurées, codées par couleur pour indiquer leur contenu, étaient empilées, attendant que quelqu'un vienne les récupérer lors d'un voyage de retour vers le lieu sur Dynas qui servait de support à cette base. La taille même de l'aire de chargement, plus grande que certains des hangars de course qu'Eponi avait utilisés, témoignait de la grandeur que ce bâtiment devait avoir. Autant de fournitures signifiait beaucoup de personnel, signifiait beaucoup de travail pour faire fonctionner cet endroit.

Et courir était ce que Sever aurait dû faire, mais une fois qu'elle eut dépassé Aurora et Rovo, il ne semblait plus y avoir d'autre endroit où aller. Gregor et Sai se tenaient devant la seule porte menant plus loin, une porte beaucoup plus petite que l'entrée principale, et apparemment suffisamment renforcée pour que le marteau de Gregor ne puisse pas la briser. Du moins, c'est ce qu'Eponi déduisit en voyant Gregor frapper le sol avec son marteau et jurer.

— Tu ne peux pas découper ça avec ton truc ? demanda Gregor à Sai, qui ne dégaina pas sa lame en réponse.

— Il peut couper le métal sans problème, dit Sai, mais il ne traversera pas quelque chose d'aussi épais.

À droite de la porte, en saillie du mur, se trouvait ce qui semblait être une salle de contrôle avec des fenêtres étroites. À travers elles, l'air suffisant, regardait un garde vêtu de ce qui semblait être un uniforme vert émeraude plus normal. Il observait Gregor et Sai s'acharner sur la porte, et Eponi l'observait. La seule raison pour laquelle le garde pouvait avoir l'air aussi imperturbable avec un groupe d'ennemis lourdement armés et blindés dans sa base serait qu'il se sentait invulnérable. Si Sever ne pouvait pas pénétrer plus loin, ils finiraient par manquer d'énergie. Des skiffs de renfort pleins de gardes frais pourraient les nettoyer.

— Nous avons besoin d'un nouveau plan, dit Gregor. Nous sommes piégés.

— Alors trouve une issue, répliqua Aurora. Rovo et moi ne pourrons pas les contenir éternellement.

Eponi continuait de chercher, mais elle ne voyait aucune bouche d'aération ouverte. Pas d'autres portes ou moyens de percer. Gregor ramassa le marteau et le balança contre un point aléatoire du mur, y faisant une bonne bosse, mais rien de plus.

— Tu as des grosses bombes ? demanda Eponi à Sai. Pour nous faire un trou ?

— Si le marteau de Gregor ne peut pas passer à travers, il me faudrait un explosif vraiment puissant, répondit Sai. On ne pourrait pas rester ici, et je ne retourne pas là-dehors.

Comme pour donner raison à Sai, des rayons commencèrent à fuser au-delà d'Aurora et Rovo, qui crièrent qu'un troisième skiff venait d'atterrir dehors. La situation ne s'améliorait pas, ce qui signifiait qu'ils devaient opter pour des tactiques inhabituelles.

— Gregor, dit Eponi en désignant les fenêtres et le visage du garde. Brise ça.

Gregor, dans son imposante armure gris-bleu, la fixa pendant une seconde avant de hausser les épaules. Il fit deux grands pas avant de se pencher pour un large coup en arc vers la fenêtre et le garde qui reculait derrière. Le marteau détruisit le verre, éparpillant des éclats partout.

— Beaucoup trop petit, dit Sai.

— Pour toi, peut-être, répliqua Eponi. Les pilotes de circuit devaient être minces — moins de poids et de taille permettaient des engins plus petits et plus agiles — et Eponi pensait avoir une chance de passer par la fente. Seulement, elle ne pouvait pas garder son armure pour le faire. Couvrez-moi.

Eponi s'approcha lourdement de la fenêtre tandis que Gregor et Sai dégainaient leurs cracheurs et maintenaient le garde à l'intérieur recroquevillé. Dos au mur solide, observant Aurora et Rovo échanger des tirs de plus en plus désespérés avec les gardes à l'extérieur, Eponi activa les commandes de sortie de son armure. Elle appuya sur deux petits boutons à sa taille et, dans une série de clics, son armure se détacha, se dépliant comme la peau d'un fruit particulièrement mûr. Conçue pour voyager dans des vaisseaux exigus, sa combinaison jaune suivit son propre algorithme pour se plier et se comprimer, se réduisant en une boîte à peine plus grande que le sac à dos rempli de provisions qu'elle avait pris du vaisseau de largage et posé à côté d'elle. Quelques secondes plus tard, Eponi se tenait debout avec seulement sa fine combinaison intérieure, tendant son pistolet laser à Gregor.

— Prête ? dit Sai, projetant sa voix à travers les haut-parleurs de sa combinaison, car Eponi n'avait plus aucun moyen d'accéder au canal de l'escouade sans son casque.

— Prête, répondit Eponi en s'éloignant de la fenêtre, évaluant l'ouverture. Ce serait serré, mais elle pouvait y arriver. Maintenant !

Elle sprinta, sauta, et remercia sa combinaison intérieure qui protégea ses mains des éclats de verre restants bordant les bords de la fenêtre comme des dents acérées. Eponi se hissa, glissa à travers, et attrapa son pistolet laser que le grand homme lui lança pendant qu'elle terminait sa chute. Le garde à l'intérieur eut le temps de la regarder et de commencer à dire quelque chose avant qu'elle ne le grille.

— Joli lancer, dit Eponi à Gregor, qui leva le marteau en réponse.

La salle de contrôle restait simple. Une série de boutons transparents, pas de véritable console. Étonnamment basse technologie, mais après tout, il semblait que cette base était au milieu de nulle part. Des systèmes plus complexes signifiaient plus de points de défaillance, et si on ne pouvait pas avoir une maintenance fiable... Eponi avait toujours ri des coureurs de circuits qui pensaient que leurs vaisseaux ultra sophistiqués leur donnaient un avantage. Ils faisaient sauter leur système de navigation sur un micro-astéroïde ou rataient le timing de leurs millions de jets et envoyaient leur jouet hors de prix dans l'oubli, et souvent eux-mêmes avec.

— J'ai notre échappatoire, dit Eponi, tapotant sur le panneau et souriant alors que les cliquetis et les claquements résultants ouvraient la seule sortie intérieure du quai de chargement.

— J'ai ton armure, dit Sai, la tenant tandis que lui et Gregor se dirigeaient lourdement vers l'ouverture. Viens la chercher, s'il te plaît.

— J'arrive, Eponi jeta un coup d'œil au garde. Elle se demanda s'il avait quelque chose qu'elle devrait prendre - il portait un badge, et une autre porte, quittant la salle de contrôle, semblait avoir un de ces scanners de sécurité.

— Allons-y, Eponi ! cria Aurora. On se replie !

Ça ne leur servirait à rien de se faire piéger à nouveau. Eponi se pencha, arracha le badge du garde, et se retourna vers la fenêtre quand des tirs laser s'engouffrèrent et Eponi se jeta au sol alors que l'énergie brûlante traçait une ligne luisante sur les murs autour d'elle.

— J'ai besoin d'une ouverture ! appela Eponi.

Pas de réponse, mais les tirs dans sa direction cessèrent, alors Eponi risqua un coup d'œil. Sever avait disparu de la zone de chargement, bien qu'au moins deux de ses coéquipiers continuaient à tirer depuis leur nouvelle porte. Des gardes en combinaison étanche affluaient par l'entrée principale, garantissant pratiquement une mort rapide à Eponi si elle faisait un saut sans protection par la fenêtre. Changement de plan, alors. Une nouvelle route. Elle tendit le bras, inversa les boutons qu'elle avait pressés plus tôt et claqua la nouvelle porte de Sever. Puis Eponi tira sur les commandes, faisant fondre les boutons.

Les tirs de riposte se dirigèrent vers elle, alors Eponi s'accroupit, se faufila jusqu'à la porte et colla le badge sur le scanner, priant pour qu'elle s'ouvre. Avec un bip, elle s'ouvrit, révélant un petit couloir de l'autre côté. Seule, sans armure, et avec seulement son fidèle pistolet laser pour protection, Eponi passa à travers.

Un coureur devait s'adapter à l'inattendu.

15

MANŒUVRE DE DÉBUTANT

Comme ça, l'Escouade Sever n'était plus que quatre. Eponi avait disparu par cette fenêtre pendant que Rovo lançait sa grenade fumigène et elle n'était pas ressortie. Dans tous les films, le héros s'en sort toujours après avoir fait le grand coup, mais Rovo devait se rappeler que ce n'était pas comme ça. Ils faisaient face à de vraies conséquences ici, pas juste un jeu. Alors quand Gregor tendit à Rovo l'armure d'Eponi, qui s'était compressée en un paquet rectangulaire et net, Rovo dut vraiment la porter.

— Elle en aura besoin, dit Gregor.

— Elle se fixera à ton sac à dos, dit Sai, arrivant derrière Rovo tandis qu'Aurora couvrait la petite porte maintenant fermée menant à la zone de chargement.

Gregor adopta le rôle de leader, une position que son marteau lui avait gagnée, une position que personne ne se souciait de lui disputer. Le corridor dans lequel ils s'étaient engagés était considérablement plus large qu'un couloir normal, assez grand pour que des chariots de ravitaillement y circulent, mais comparé au marécage ouvert, ça ressemblait terriblement aux stations spatiales où Rovo avait vécu si longtemps. Ce n'était pas un sentiment auquel il tenait à revenir, mais il supposait que la familiarité aidait à calmer la panique qui grandissait en lui depuis que ces tourelles avaient commencé à lui tirer dessus.

Son épaule droite lui faisait mal, et Rovo savait que son genou gauche aurait besoin d'attention. Il ne savait pas si c'étaient les gardes ou les tourelles qui l'avaient touché alors que Rovo faisait sa course finale vers la base, mais ces flashs étaient venus avec autant de surprise que de douleur. Les simulations n'avaient jamais réussi cette partie - elles pouvaient reproduire les batailles parfaitement, avec des visuels incroyables, mais la sensation réelle de se faire tirer dessus ? DefenseCorp avait encore un long chemin à parcourir avant de pouvoir éliminer la peur de leurs recrues. Seule la présence d'acier d'Aurora, et l'idée du marteau de Gregor infligeant un coup fatal à un déserteur, maintenaient Rovo dans le droit chemin maintenant.

La panique subtile de Rovo ne résidait pas seulement dans son esprit. Ses mains tremblaient, la sueur coulait de partout même si sa combinaison maintenait sa température idéale. L'estomac de Rovo se tordait, et il serrait constamment ses mains sur la gâchette de son fusil, comme si l'arme pouvait d'une manière ou d'une autre le sauver de la situation dans laquelle il s'était retrouvé. La créature du marécage avait été excitante, un étrange frisson pour commencer l'aventure, mais ces gardes ? Ce n'étaient pas de mauvais rêves, ils essayaient réellement de le tuer.

Si Rovo ne parvenait pas à se ressaisir bientôt, ils réussiraient probablement.

Sever passa devant l'entrée de ce qui ressemblait à un réfectoire, commodément proche de l'endroit où quelqu'un déchargerait la nourriture, avant de continuer vers une intersection circulaire. Des couloirs partaient à gauche et à droite, tandis que droit devant, une grande porte coulissante avait sa face chromée recouverte d'un 1 vert profond. Sur les côtés de cette porte, des numéros d'étage blancs comme neige étaient peints sur des panneaux chromés, incrustés dans des boutons. Ça ressemblait à un ascenseur qui pouvait monter ou descendre d'un seul étage.

— Des idées ? demanda Sai. Tu as déjà eu des plans dans ton boulot de communication, Rovo ?

— Pas d'endroits comme celui-ci, répondit Rovo. Les bases secrètes sur des planètes cachées ont tendance à ne pas passer par les canaux officiels.

— On se sépare, intervint Aurora, marchant au centre du cercle et inspectant la porte. Je ne vais pas supposer qu'Eponi est morte tant qu'on n'aura pas trouvé son corps, mais on doit aussi trouver un moyen de sortir de cette base qui n'implique pas de retourner à ces skiffs.

— Attends, tu veux qu'on se sépare ? dit Rovo. Avec tous ces types là-bas ? Sever regarda Rovo, leurs casques cachant des expressions que le rookie pouvait deviner peu flatteuses. Écoutez, je sais que je suis nouveau, mais vous ne pouvez pas sérieusement penser qu'errer dans cet endroit en petits groupes est le bon plan ?

Aurora se retourna, faisant directement face à Rovo. — Rovo, j'apprécie ton avis, mais quand je donne un ordre, je m'attends à ce qu'il soit suivi sans discussion. Tu es en armure, tu as des armes plus lourdes qu'eux. Les petits couloirs nous favorisent, parce qu'on ne peut pas être encerclés. Elle se retourna à moitié vers l'ascenseur. On est sur une planète qu'on ne connaît pas, en train de combattre une force qu'on ne comprend pas. Séparez-vous, trouvez Eponi et une sortie. Apprenez ce que vous pouvez sur cet endroit aussi, ça pourrait nous aider à trouver le VIP.

Rovo avait oublié la cible. Avec tout le reste, couvrir la planète pour secourir quiconque avait envoyé ce premier signal semblait être le comble de la folie. Son fusil était déjà presque à court d'énergie, et bien que Sever ait des recharges, se battre comme ça les laisserait épuisés et vides avant longtemps. Quel que soit l'objectif qu'ils avaient au début, Sever ne pouvait pas l'atteindre maintenant, pas sans changements majeurs.

— Je prends le bleu et on va chercher Eponi, dit Sai. Vous, trouvez-nous une sortie.

Sai ? Pourquoi le gars des explosifs voulait-il faire équipe avec Rovo ? Encore une fois, ces fichus casques cachaient les expressions, alors Rovo devait supposer que Sai avait perdu une sorte de pari. Ni Aurora ni Gregor ne contestèrent la décision, et ce dernier appuya sur le bouton de l'étage inférieur de l'ascenseur. Pourquoi descendre au lieu de monter ? Rovo ne savait pas, mais il s'était déjà fait réprimander par Aurora une fois dans cette conversation et ne tenait pas à se faire gronder à nouveau.

— Bien, dit Aurora. On vous dira quand on aura trouvé quelque chose. Faites de même.

Rovo avait attendu environ trois minutes après qu'ils eurent quitté l'intersection, Aurora et Gregor disparaissant dans l'ascenseur, pour demander à Sai pourquoi il avait choisi d'accompagner le bleu. Ils avançaient lentement dans le couloir de droite, qui semblait pouvoir rejoindre l'itinéraire d'Eponi. Des portes bordaient l'espace, fermées et équipées de lecteurs de badge. Sai aurait pu les faire sauter, ou peut-être les trancher avec son épée, mais Eponi ne se cachait probablement pas dans une pièce au hasard. Sai avait également pris la tête, marchant avec précaution, son fusil sorti et pointé vers l'avant. Rovo en savait assez pour se retourner de temps en temps lorsqu'ils passaient sous les petites lumières blanches du plafond pour vérifier leurs arrières.

— Pourquoi ? Parce que j'ai été un bleu moi aussi, dit Sai. Je me suis dit que je rendrais la pareille à un type qui l'avait fait pour moi. Je sais que c'est effrayant ici, ta première mission comme celle-ci.

Du sentiment ? De la chaleur de la part d'un Sever ?

— C'est... difficile, admit Rovo.

— Le meilleur conseil que je puisse te donner ? Ne te laisse pas submerger par l'émotion. Garde ça pour plus tard, répondit Sai. Pour l'instant, il s'agit de survie, et si tu veux y arriver, tu dois rester calme.

— Je ne devrais pas être surpris d'entendre ça d'un démineur.

— De quiconque a survécu à plus de quelques missions. Généralement, la solution à un problème, même dans un échange de tirs, n'est pas de continuer à tirer. Tu dois savoir où viser, trouver la faiblesse.

— Maintenant, tu ne fais que débiter des clichés.

— Ce sont des clichés pour une raison. Ils te garderont en vie.

Le couloir prit un virage serré à gauche, et ils tombèrent sur une autre porte, celle-ci peinte avec le signe jaune caractéristique de la radioactivité. Un lecteur de badge sur cette porte aussi. Sai se tenait devant l'entrée tandis que Rovo le rejoignait. Il essaya de deviner ce que Sai regardait, mais n'y parvint pas.

— Tu sais ce qui est étrange ? dit Sai, fixant toujours la barrière. Il n'y a pas d'alarme qui sonne ici. Les lumières sont toutes de leur couleur normale. Pas d'évacuation, pas d'appel aux armes. Une base comme celle-ci, on s'attendrait à ce qu'il y ait toute une équipe ici pour nous combattre.

— Il y avait le type qu'Eponi a neutralisé.

— Un seul ? Non, beaucoup trop peu. Sai tendit le bras, repoussa Rovo d'un pas. Laisse-moi de la place. Je vais découper ça.

— De toutes les portes, tu choisis celle avec le signe de radioactivité ?

— Regarde-la. La porte est trop fine pour bloquer quoi que ce soit de vraiment dangereux. Ce qu'il y a derrière pourrait poser problème, mais ça ne déverse pas la mort pour l'instant.

— Donc tu vas prendre un risque sur une intuition ?

Quand on lisait d'innombrables communications allant d'un bout à l'autre de la portée galactique de DefenseCorp, on ignorait vite les ordinaires. Rovo, cependant, pouvait se rappeler de nombreux rapports de mission remarquables relatant des comportements du type "on fonce et au diable les conséquences" qui avaient abouti à des anéantissements d'escouades, des échecs totaux ou des conséquences imprévues. Il y en avait aussi des réussies, mais les désastres restaient gravés dans sa mémoire, et défilaient dans l'esprit de Rovo tandis que Sai lui lançait un regard impassible.

— Tu as de meilleures idées ? Eponi n'a aucune protection en ce moment, et ces gardes vont finir par nous tomber dessus.

Les gardes. Ils devaient communiquer entre eux, et malgré la discussion précédente, Rovo devait croire que cette base n'avait pas été abandonnée. Sinon, pourquoi déployer tant d'efforts pour la protéger ? Et pour le faire efficacement, l'ennemi aurait besoin de se coordonner, et Rovo pourrait peut-être écouter. En tant qu'officier des communications pour Sever, Rovo avait rempli les emplacements de sa combinaison que d'autres auraient utilisés pour des accessoires — sans doute plus de bombes dans le cas de Sai — avec du matériel d'interception de signaux qui devrait lui donner une chance d'entendre ce qui se passait.

— Laisse-moi vérifier les ondes, dit Rovo. Je pourrais peut-être entendre si quelqu'un a attrapé Eponi, ou s'il y a quelque chose derrière cette porte dont on devrait s'inquiéter.

— Tu peux entendre ce qu'ils disent, et tu ne le fais que maintenant ?

— Ouais, je ne le fais que maintenant. Quand on ne se fait pas tirer dessus.

Sai avait probablement raison de penser que Rovo aurait dû écouter bien avant ce moment, mais bon, les bleus apprennent par l'expérience. Rovo ne se blâmerait pas de ne pas être un expert pour tirer des lasers et décoder des messages ennemis en même temps lors de sa première vraie mission.

Rovo lança l'intercepteur de communications, nom de code Bug, par une commande vocale. Son casque se remplit de sons de bavardages confus, de voix humaines claires qui parlaient en couinements, bips et hurlements sans tonalité.

— Ils parlent beaucoup, mais c'est crypté, dit Rovo tandis que Sai dégainait son épée, mesurant son coup. J'ai besoin d'ajouter les codes à Bug.

— Donc on en est au même point.

— Non, attends. Laisse-moi essayer quelque chose. Bug pouvait faire plus que simplement écouter les transmissions, Rovo pouvait utiliser le système pour localiser d'où provenaient les transmissions. Il le fit maintenant, et une carte floue apparut sur sa visière. Pas de contours ni de lignes physiques, mais plutôt des points colorés avec des distances relatives qui apparaissaient et disparaissaient lentement à mesure que Bug captait des messages et les analysait. Beaucoup venaient de derrière eux, dans la direction de l'entrée de la base, mais quelques-uns venaient aussi de devant. Pas loin non plus. Il semble y avoir quelqu'un de l'autre côté de la porte.

Deux façons de réagir à cette observation. Soit Sai et Rovo pouvaient le prendre comme la preuve qu'ils allaient dans la mauvaise direction et essayer de trouver une autre option, soit l'utiliser comme preuve que rien de terrible ne se trouvait de l'autre côté de la barrière. Vraisemblablement, les gardes ne traîneraient pas dans un dépotoir radioactif.

— Bien. On passe. Sai prit la décision, leva la lame.

Rovo visa le centre de la porte avec son fusil d'assaut, droit sur le cercle nucléaire. Il prit une profonde inspiration pour se calmer. Il avait passé presque une demi-heure sans échange de tirs, et ç'avait été la plus longue et la meilleure demi-heure de sa vie.

La pause est terminée.

Sai fendit la porte d'un coup en diagonale, suivi d'une deuxième entaille transversale, et quand cela ne suffit pas à dégager la porte, l'épéiste abandonna tout style et découpa d'autres morceaux avec des coups ciblés. Pendant tout ce temps, Rovo, Bug éteint pour pouvoir se concentrer, essayait de voir au-delà, de repérer d'éventuelles cibles si elles existaient.

Bien que Rovo ne puisse pas voir les radiations, la destruction systématique des portes par Sai révéla une grande pièce éclairée de vert, avec ce qui ressemblait à des micro-réacteurs enfermés dans des colonnes protégées. Ce n'était pas si surprenant — une base isolée comme celle-ci aurait besoin de sa propre source d'énergie sécurisée, et Dynas ne semblait pas propice à une solution solaire — mais Rovo retira quand même son doigt de la gâchette. Il ne voulait pas risquer qu'un tir raté ne provoque une fusion.

— Désolé, dit Sai quand il eut fini de réduire la porte en lambeaux. Je pensais que ce serait plus facile.

— C'était quand même cool à voir.

Ils entrèrent lentement dans la pièce, Sai choisissant de garder le katana sorti pour les mêmes raisons que Rovo hésitait à utiliser son fusil. Mourir dans une explosion nucléaire serait au moins rapide, mais dans l'ensemble, il valait mieux l'éviter. Quatre réacteurs et leurs colonnes, chacun large de plusieurs mètres et s'étirant du sol au plafond dans une majesté chromée impeccable. La lueur verte provenait d'une multitude de voyants lumineux autour de chaque colonne et des écrans obligatoires affichant la chaleur, la puissance de sortie et d'autres informations que Rovo supposait utiles pour ceux qui les comprenaient. L'important était que les réacteurs semblaient en bon état, malgré l'effraction et les combats à l'extérieur du bâtiment.

De l'autre côté de la pièce, la centrale se terminait par un mur droit qui semblait assez épais pour mener à l'extérieur. Deux autres sorties plus petites se trouvaient à droite et à gauche de Rovo. L'idée que le bâtiment ait été conçu pour canaliser les gens vers un tas de réacteurs nucléaires semblait ridicule, mais après tout, l'idée même de construire une colonie sur ce monde maudit l'était tout autant.

— Attention, dit Rovo alors qu'ils commençaient à se diriger vers la droite, théoriquement plus près de trouver Eponi. Bug a repéré des gens par ici.

— Je ne vois rien.

Sai prit la tête, parcourant la majeure partie du chemin jusqu'à la porte tandis que Rovo montait la garde, essayant de voir derrière les colonnes. Elles étaient suffisamment grandes pour offrir une excellente couverture, et suffisamment dangereuses pour qu'on ne veuille pas tirer sur quelqu'un caché derrière de toute façon.

— Rendez-vous ! cria une voix de l'autre côté de la centrale, près du mur extérieur. Vous êtes en infériorité numérique, et c'est trop dangereux de se battre ici !

— Je vais vers la porte, dit Sai. Couvre-moi.

Rovo ne savait pas comment couvrir quelqu'un quand il avait trop peur de tirer, et ne pouvait voir personne sur qui tirer même s'il le voulait. Alors il se rabattit sur son entraînement, son instinct.

— Pourquoi devrions-nous nous rendre si c'est trop dangereux de se battre ? cria Rovo en retour pendant que Sai se dirigeait vers la porte, les pieds blindés du spadassin produisant les plus forts claquements contre le sol métallique.

Silence, excepté les pas de Sai. Peut-être que Rovo les avait dupés. Puis une forme, jetant un coup d'œil depuis le dernier réacteur de droite. La personne visa avec un fusil et tira un éclair vers Sai, le manquant sur la gauche. Rovo recula contre le réacteur de droite le plus proche, puis se pencha sur la droite pour voir s'il pouvait tirer son propre coup, super sûr. Quand le garde sortit à nouveau, alors que Sai atteignait la porte de droite, Rovo osa déclencher une paire d'éclairs. Ils s'écrasèrent sur le mur près de la cible, un tir horriblement mauvais qui eut néanmoins pour effet de faire se recroqueviller le garde dans sa cachette.

— Qu'est-ce que tu fais ? cria Rovo. Tu vas tous nous faire tuer !

— C'est toi qui dis ça ! répliqua le garde.

— Une trêve ?

— Jamais !

Sai commença son travail de sape sur la porte. Bien que sans doute amusant de balancer une épée contre du métal, rester immobile sans aucune couverture faisait de Sai une cible que n'importe quel soldat aurait adoré pilonner. Rovo devait le couvrir, ce qui signifiait distraire les gardes autant que possible. Alors Rovo courut. Droit vers l'ennemi.

— Ne prends pas trop de temps ! cria Rovo en contournant le réacteur et en sprintant — autant qu'on puisse le faire dans une armure comme celle-ci — vers le dernier réacteur de la ligne.

Le garde jeta un coup d'œil alors que Rovo courait, et Rovo tira à nouveau, visant intentionnellement à côté du garde, mais suffisamment près pour le faire reculer encore. Des films d'action défilaient dans son esprit tandis qu'il courait, Rovo pensant qu'il pourrait faire un virage rapide autour du réacteur et frapper le garde avec la crosse de son fusil, l'assommant ainsi sans tout faire exploser, sauvant la situation de manière fabuleuse.

Au lieu de cela, quand Rovo tourna au coin du réacteur du garde, il trouva quelque chose d'assez loin de la gloire : absolument rien. Juste de l'espace ouvert jusqu'au prochain réacteur, celui en diagonale d'où Rovo avait commencé sa charge folle. Mais si le garde s'était enfui ici, cela pourrait signifier... ah, merde.

— Sai ! Attention ! transmit Rovo en se retournant.

— Je suis déjà passé, où es-tu ? répondit Sai, et Rovo confirma les mots quand il regarda en arrière d'où il venait et ne vit aucun signe de son coéquipier.

— Je reviens, couvre-moi !

Rovo commença à revenir, quand plusieurs éclairs traversèrent l'avant de la pièce, dans le couloir que Sai venait de forcer. Le garde devait déjà y être arrivé. Sai risqua un tir de riposte pendant que Rovo revenait en claquant dans cette direction. Un garde contre deux Severs devrait être un combat rapide.

— Rovo ! Je dois continuer à bouger, il y en a d'autres ici, envoya Sai, l'effort haletant à travers la transmission. Je vais faire sauter le couloir. Ne me suis pas !

Ne pas le suivre ? Rovo se plaqua contre l'arrière de son premier réacteur. La sortie de Sai n'était pas loin, mais si son propre coéquipier lui disait de ne pas y aller, eh bien, alors Rovo devrait trouver un autre endroit. Ou au moins s'occuper du garde. Ou... quelque chose ?

— Qu'est-ce que je fais ? envoya Rovo.

— Ne meurs pas ! Sai continua de parler, mais les mots furent noyés dans un grondement assourdissant, suivi d'un grand nuage de poussière et d'éclats qui jaillit du couloir.

Rovo se jeta au sol, bien que le mouvement ne servirait à rien si la détonation de Sai déclenchait l'un des réacteurs. Quand il ne disparut pas dans une explosion radioactive, Rovo se releva, retourna vers la première porte marquée du signe nucléaire par laquelle ils étaient entrés, et regarda en arrière vers le chemin de Sai. Le garde qui leur tirait dessus gisait au sol, apparemment inconscient. Le couloir de Sai semblait dans le même état ; brisé et inutilisable.

Il avait toujours l'armure d'Eponi, donc Rovo ne voulait pas courir vers l'ascenseur qu'Aurora et Gregor avaient pris, une route qui l'aurait probablement amené à un affrontement frontal avec tous les autres gardes du skiff. Ce qui signifiait qu'il n'avait qu'un seul choix : l'autre porte latérale. Celle-ci aussi avait une serrure à scanner, et Rovo n'avait pas d'épée pour la trancher. Il ne lui restait qu'une stratégie, et bien que sa première tentative de film d'action ait échoué, celle-ci pourrait fonctionner.

— Des millions de vidéos ne peuvent pas avoir tort, non ? se dit Rovo en s'approchant de la porte, levant son fusil et tirant sur le scanner.

Les lasers martelèrent et grillèrent la serrure, transformant le lecteur lisse en une masse de métal fondu. La porte ne s'ouvrit pas, alors Rovo continua à tirer, épuisant une énergie précieuse qui serait, néanmoins, inutile s'il mourait. Un petit feu se déclencha, et alors que des étincelles se joignaient à la fontaine de flammes, la porte céda enfin et s'ouvrit brusquement. Rovo retira son doigt de la gâchette et fixa la porte, médusé.

Il ne pensait pas que ça marcherait vraiment.

Derrière lui, un bruit croissant signalait l'approche des gardes, prouvant qu'il avait fait le bon choix. Il serait certainement mort en retournant dans l'autre direction, alors Rovo courut en avant à la place, se baissant pour passer par la petite porte et entrant dans une autre enfilade de bureaux. Contrairement au couloir général précédent, ceux-ci n'avaient pas de scanners. Peut-être avait-il pénétré suffisamment loin dans la base pour que les mesures de sécurité puissent être relâchées. Les premiers bureaux qu'il passa avaient des fenêtres, qui montraient un monde trop pittoresque de consoles, de tasses à café et de vie professionnelle. Une vie pour laquelle il ressentit soudain de la nostalgie. Pas de course en armure, pas de tirs essuyés, pas d'abandon.

Ni de poursuite.

Rovo se faufila par la porte suivante sur sa gauche, frappant le panneau en entrant pour éteindre les lumières à détection de mouvement. Alors que Rovo s'accroupissait, du mieux qu'il pouvait dans l'armure, sous la fenêtre et sous la portée haute d'un bureau debout, quelqu'un dans la base décida enfin qu'il était temps de déclencher l'alarme. Des sons stridents retentirent alors que toutes les lumières blanches viraient au rouge et s'assombrissaient, donnant un avantage visuel à l'équipement optique que les gardes portaient.

Ils allaient chasser maintenant. Le chasser, lui.

16

PROFONDEURS

DefenseCorp bombardait ses soldats de profils psychologiques. Les capitaines d'escouade encore plus. Ils avaient perdu tant de missions à cause de hauts gradés qui craquaient qu'Aurora devait passer du temps avec les thérapeutes du *Nautilus* après chaque mission.

Leurs questions s'éloignaient des traumatismes de l'enfance, des raisons pour lesquelles Aurora voulait prendre un fusil et plonger en territoire hostile. Au lieu de cela, ils sondaient son état d'esprit actuel — comment se sentait-elle quand un de ses coéquipiers disparaissait dans un déluge de feu, ou quand un prédateur local dévorait sa cible avant qu'elle ne puisse la sauver. Aurora prenait-elle trop de plaisir dans l'action ?

Mais voilà, ces thérapeutes étaient chez DefenseCorp pour la même raison qu'Aurora : l'argent. Une fois qu'elle avait réalisé cela, une fois qu'elle avait compris qu'elle pouvait réciter un mantra similaire à chaque séance qui permettrait à elle et au thérapeute de toucher leur paie et de rentrer chez eux ?

La thérapie était devenue un autre exercice. Un exercice qu'Aurora pouvait exécuter avec peu d'effort et encore moins de réflexion. Dynas, aussi marécageuse soit-elle, aussi remplie de soldats à deux sous, ne serait qu'un autre débriefing de routine sur le chemin d'Aurora vers la retraite.

L'ascenseur descendit plus loin qu'Aurora ou Gregor ne s'y attendaient. Bien plus qu'une descente typique d'un étage, une descente qui suggérait que le sous-sol abritait d'autres opérations qu'un simple espace de stockage.

— En position.

Aurora se plaça dans le coin arrière gauche, fusil levé, Gregor se colla au mur juste à l'intérieur de la porte, du côté opposé à Aurora.

Quand l'ascenseur atteignit le fond, il s'ouvrit avec le glissement net d'une porte bien entretenue, révélant trois... gardes ? en costume noir. Aurora hésitait à les appeler ainsi, car leur attitude suggérait qu'ils n'avaient pas vu d'action depuis longtemps, si jamais. Ils fixaient Aurora, armes sorties, comme si elle venait du marécage, peut-être, ou qu'elle descendait de leurs cauchemars.

Aurora en abattit deux avant qu'ils ne pensent à bouger, et Gregor, sortant et pivotant, s'occupa du troisième, qui pensait que se mettre à couvert le garderait en sécurité. Personne ne s'attendait au marteau géant.

Ce que les ennemis au-dessus n'attendraient pas non plus, à moins que leur quotidien ne soit beaucoup plus étrange qu'Aurora ne l'aurait pensé, c'étaient les trois corps de leurs associés attendant sur le sol de l'ascenseur quand ils l'ouvriraient à nouveau. Aurora et Gregor jetèrent les corps à l'intérieur et renvoyèrent l'ascenseur en haut, prêts à choquer et, peut-être, à attirer une partie de la poursuite loin de Rovo et Sai. Et Eponi.

Aurora avait déjà perdu des membres d'escouade auparavant. L'Escouade Sever n'était guère connue pour sa résilience, car les missions que DefenseCorp leur confiait avaient tendance à être étranges et mortelles. Dernièrement, cependant, Sever avait connu une bonne série, avec une paire de missions propres et un membre d'escouade qui avait réellement quitté pour une autre affectation plutôt que de mourir froid et seul sur un monde oublié. Un agréable changement de rythme. Aurora ne voulait évidemment pas qu'Eponi meure ici, mais parmi les membres de l'escouade à perdre, se débarrasser du pilote serait mauvais. Espérons que Rovo et Sai seraient à la hauteur de la tâche.

— C'est quoi cet endroit ? demanda Gregor alors qu'ils se détournaient de l'ascenseur.

Une question pertinente.

Ce qui avait semblé être une base de monde extérieur assez standard — de longs couloirs utilitaires avec des lumières économes en énergie, des matériaux résistants à la corrosion, etc. — se transformait, ici-bas, en quelque chose de complètement différent. Le métal abondait, certes, ainsi que les mêmes lumières blanches tamisées encastrées dans le plafond, comme si quelqu'un avait mis un fin voile sur les ampoules, mais maintenant, courant sur le plafond et le long des murs et retenus par de petites pinces noires, il y avait des tubes, des tubes et encore des tubes. La plupart étaient translucides, ce qui pourrait sembler une touche inutile mais qu'Aurora comprenait comme préventive : si vous pouviez voir comment le liquide s'écoulait, vous pouviez le suivre jusqu'à la source, ou une fuite.

Dans ce cas, du vert, du bleu et du gris circulaient à toute vitesse. Même sans bulles d'air, de minuscules ondulations témoignaient que, tout autour de Gregor et Aurora, des liquides se précipitaient pour aller quelque part.

Définitivement pas un élément standard pour des avant-postes. Pas un élément standard pour n'importe où.

Le couloir, lui aussi, embrassait des ambitions plus grandes que ses homologues de surface. Aurora estimait que l'espace triplait largement les dimensions de la version au-dessus du sol, permettant une paire d'énormes portes de chaque côté non loin de l'ascenseur. Derrière elles, le couloir se terminait rapidement par un mur dur, bien que les tubes s'y enfoncent comme dans une station de pompage, disparaissant à travers vers ce qui se trouvait au-delà. Que ces mêmes tubes se rassemblent et passent à travers les bords des portes jumelles avait du sens. La source vers les destinations.

— Cette mission devient de plus en plus bizarre, dit Aurora. Je commence à me demander ce qui se passe vraiment ici.

— Je n'aime pas ça, répondit Gregor, pointant de sa main libre les tubes. Ce n'est pas normal.

Ce qui s'avéra tout aussi anormal, cependant, fut l'ouverture éventuelle du couloir devant eux. Aurora guida Gregor vers l'espace, révélé par l'élargissement des lumières du plafond alors que le couloir s'élargissait en un tunnel massif, avec un véritable rail magnétique et un unique tram assis là, flottant au-dessus de ses rails magnétiques. Le tram lui-même semblait pouvoir contenir une douzaine de personnes si elles se serraient, donc quiconque possédait cet endroit n'avait aucun intérêt pour le déplacement de masse. Cela expliquait les aéroglisseurs — si vous ne pouviez pas faire venir tous vos gardes ici pour une réponse rapide par le rail, pourquoi ne pas voler ? Le tram justifiait également les tourelles et les mines, car aller sous terre contournait tout le dispositif en premier lieu.

— Maintenant, nous avons notre moyen de sortir, dit

Aurora. Allons chercher les autres et partons. Je parie que ça nous rapprochera de la cible.

Gregor approuva. Aurora essaya d'envoyer un message sur le canal de l'escouade, mais elle ne reçut aucune réponse. Les murs métalliques de la base faisant obstacle, la transmission ne passait peut-être pas, ce qui signifiait qu'ils devraient remonter à la surface. Affronter à nouveau les équipages des aéroglisseurs. Ce n'était pas une perspective réjouissante pour Aurora, mais dans les couloirs plus étroits, les armures de Sever devraient leur donner un avantage.

— Les lumières faiblissent, dit Gregor alors qu'ils s'éloignaient du tramway. Quelqu'un joue avec nous.

Aurora bascula son viseur en mode de visualisation des radiations électriques, pour essayer de déterminer d'où venait la consommation d'énergie, ou où elle était bloquée. Le câblage derrière les lumières, dont la lueur blanche disparaissait dans cette fréquence, s'illumina en éclairs étincelants entrelacés autour des murs comme de minuscules os vibrants. Elle pouvait voir les lignes reliant chaque lumière aux autres, et comment elles s'écoulaient de part et d'autre des grandes portes et au-delà, vers la surface. D'après leur orientation, Aurora constata que la concentration d'énergie se situait dans la pièce de gauche. Quelque chose là-dedans contrôlait le comportement de ces lumières.

Pourtant, avant qu'Aurora ne puisse faire la moindre déclaration, alors qu'elle repassait son viseur sur le spectre normal, les lumières virèrent au rouge et une alarme stridente retentit. Sous ce bruit surgit un grondement plus sourd, comme si quelque chose ouvrait les deux portes géantes.

17

SURVEILLANCE DE COULOIR

Sai se releva lentement du sol du couloir, secouant des vagues de poussière que le système de ventilation de la base envoyait au loin à mesure qu'il se redressait. Un rapide coup d'œil derrière lui confirma que la mine qu'il avait lancée, censée sécuriser un point d'évacuation ou de défense contre l'assaut ennemi, l'avait en fait protégé de la ruée de ces inconnus.

Avec des lasers qui s'écrasaient autour et, parfois, sur son armure arrière, Sai avait lancé la mine contre le mur en tournant un coin après avoir quitté la salle de la centrale électrique. Rovo semblait avoir survécu à l'explosion, bien qu'envoyer le bleu se battre seul dans la base... eh bien, l'Escouade Sever n'était pas pour les faibles.

— Rovo, quelle est ta position ? demanda Sai, l'envoyant sur le canal de l'escouade. Si Aurora et Gregor entendaient la question et se mettaient à chercher le bleu, ce serait bien aussi.

Pas de réponse. Un silence total. Ce qui signifiait que Rovo était peut-être mort, mais confirmait définitivement que Sai était seul. Ce n'était pas un événement rare pour

Sever — leur faible effectif nécessitait souvent des efforts en solo lors de leurs missions — mais ce n'était jamais une situation souhaitable. Cependant, une fois seul, on avançait ou on mourait.

Sai avança.

Même avec ces casques, Sai ne pouvait pas tout voir à la fois. Alors, en continuant dans le couloir, Sai plaqua son dos contre l'un des murs et avança de côté, surveillant à la fois devant et derrière lui. Il était peu probable que les troupes de la base aient quelque chose capable de tailler à travers les décombres d'une bombe aussi rapidement, mais celui qui prend de mauvais risques meurt de la même manière.

La première fois que Sai s'était vraiment retrouvé seul, c'était peu après avoir accepté l'offre de DefenseCorp. C'était il y a longtemps maintenant, et cette prime à l'engagement semblait terriblement faible compte tenu des années que Sai avait sacrifiées. Mais quand on avait deux petites bouches à nourrir et que l'entreprise de sécurité pour laquelle on travaillait avait vu ses contrats rachetés par le géant du secteur, quelles options avait-on ? Sai et sa famille savaient ce que signifierait pour lui de partir hors monde, qu'il ne les reverrait peut-être jamais, ou si c'était le cas, ce ne serait pas avant des années et des années. Une décision difficile rendue certaine par ce qui arriverait s'il ne partait pas : la misère.

Alors il était monté dans la navette de DefenseCorp, son bracelet rempli de photos et de vidéos d'adieu de sa famille, et avait volé vers les étoiles pour la première fois avec un groupe d'autres cadets nerveux. Sai ne savait pas non plus ce qu'il était advenu de ces gens, car ils avaient été rapidement répartis dans leurs centres de formation respectifs peu après avoir atteint l'orbite. Certains d'entre eux voyageaient peut-être encore vers leur première affectation, pour autant que Sai le sache. Il aurait échangé sa place avec eux — obtenir une paie régulière sans qu'un laser ne vous brûle la tête ?

Pas un mauvais marché.

Si le début de la base, à travers l'entrée principale que Gregor avait réduite en miettes, ressemblait au centre logistique et de fret, cette partie semblait être le cœur battant de la base. Les murs ici avaient quelques décorations, pour commencer, brisant l'acier argenté sans fin avec des images suspendues, des messages du personnel et des horaires. Ces choses qu'on a à portée de main mais qui contribuent néanmoins à la communauté en étant affichées là où les gens peuvent griffonner des notes les uns aux autres dans les marges. Un grand tableau punaisé semblait entièrement consacré aux scores à long terme de divers jeux. Apparemment, le personnel permanent de la base s'amusait bien.

Son épée tendue devant lui, Sai s'approcha de la première porte qui interromprait sa stratégie de dos au mur. Pas de verrou à scanner sur celle-ci, et les bras de Sai, fatigués d'avoir forcé des portes, remercièrent les étoiles. L'homme de démolition jeta un dernier coup d'œil en arrière, mais les poursuivants n'avaient pas encore franchi son mur de décombres, alors Sai osa se retourner et faire face à la porte. Sortir du couloir semblait être une bonne idée, mais alors que Sai tendait la main vers le bouton qui ferait coulisser la porte, il entendit des voix.

Pas les voix qui résonnaient constamment dans sa tête, lui rappelant quelle folie ç'avait été de quitter sa famille pour cette carrière, mais de vraies voix. Et l'une d'entre elles se distinguait particulièrement. Trop étouffée pour entendre les mots, mais Eponi parlait avec l'urgence dure de quelqu'un qui dit n'importe quoi pour rester en vie.

Sai appuya sur le bouton, hésita entre dégainer un fusil

ou entrer avec l'épée à deux mains, et opta pour le mode trancheur fou alors que la porte s'ouvrait. La plupart des gens dans la galaxie ne savaient pas quoi faire si quelqu'un les attaquait avec une épée, et Sai n'aurait besoin que de quelques pas pour mettre sa longue lame à portée si la taille de la pièce restait raisonnable.

Dès que la porte lui en laissa l'espace, Sai se précipita à l'intérieur, la lame tenue assez haute pour racler le plafond, faisant pleuvoir des étincelles autour de lui.

Des couchettes remplissaient l'espace, serrées avec des compartiments de rangement sous les lits aux draps bruns. Sai entra directement au centre de la pièce, et en se tournant vers les voix, il découvrit l'image d'une société rigide qui, néanmoins, lésinait sur les détails de la discipline : les lits n'étaient pas faits, bien que leur composition ait la constance uniforme d'une société de style militaire, certains compartiments n'étaient qu'à moitié fermés, et des bibelots, des vêtements et d'autres objets jonchaient le sol. Sai estimait qu'une vingtaine de personnes dormaient dans la pièce, bien qu'à ce moment-là, il se concentrait sur deux d'entre elles, car elles pointaient leurs pistolets laser dans sa direction.

Derrière eux, accroupie contre le mur, se trouvait Eponi, et lorsque les deux gardes — en uniformes noirs, soit ils avaient eu le temps de s'habiller, soit ils étaient constamment vigilants — se retournèrent face au spectacle spectaculaire de Sai faisant son entrée étincelante, Eponi en profita. Elle donna un coup de pied avec sa jambe droite, brisant le genou gauche d'un garde, puis bondit en avant et plaqua le second, l'enserrant dans une prise de tête et le plaquant au sol. Sai rattrapa le premier garde et plaça son épée sur la gorge de l'ennemi, une technique qui avait servi à arrêter les combats depuis des milliers d'années et qui fonctionnait toujours aussi bien aujourd'hui.

En réalité, Sai portait cette lame pour ces moments-là. Une compétence ancestrale qui le faisait se sentir tellement, tellement cool.

Eponi finit d'étrangler son garde, le laissant inconscient sur le sol, puis désarma les deux avant de jeter un coup d'œil de Sai à son apparent otage.

— Tu vas t'occuper de lui, ou pas ? demanda Eponi.

— Ne me faites pas de mal ! gémit le garde.

— Tu n'as pas la permission de parler, dit Sai. Eponi, ils ne sont pas la cible. Nous n'avons pas besoin de tous les tuer.

— Je n'ai pas dit tuer. Eponi retourna la prise du pistolet et assomma l'otage d'un coup sur la tête, l'envoyant dans le même royaume inconscient que son ami. Mais nous n'avons pas le temps pour des otages non plus. Elle examina l'équipement de Sai. Où est mon armure ?

— C'est le bleu qui l'a.

— Alors où est le bleu ?

CE QUI SE CACHE DANS L'OBSCURITÉ

L'enfance de Gregor surpassait celle de la plupart des gens qu'il avait rencontrés. Tous ceux qu'il avait croisés depuis son arrivée à DefenseCorp avaient exprimé une surprise maussade lorsque, inévitablement après avoir détaillé leur propre enfance apparemment difficile, Gregor expliquait la sienne. Au fil du temps, il avait raffiné son histoire pour qu'elle soit moins choquante, moins agressive pour les créatures, sinon de luxe, du moins de confort, que Gregor rencontrait au cours des diverses missions et patrouilles auxquelles il avait participé depuis ce qui commençait à être une très longue période de travail pour la principale entreprise de sécurité de la galaxie.

Des parents ? Techniquement. Des amis ? Bien sûr. Un abri ? En un sens. Cela couvrait à peu près l'essentiel, et c'est tout ce qu'on pouvait espérer en grandissant sur la grande comète connue sous le nom de Snowball. Dans une mission audacieuse bien avant la naissance de Gregor lui-même, des colons entreprenants avaient pensé que la glace abondante et les métaux rares de Snowball en feraient un endroit idéal pour une civilisation autosuffisante qui, grâce à l'élan propre de la comète, leur permettrait de voyager dans la galaxie en vendant les métaux de Snowball sans avoir à payer toute cette énergie et ce carburant gênants nécessaires aux voyages ordinaires. Bien que manifestement grotesque pour quiconque avait le sens de ces choses, les fondateurs de Snowball avaient établi un filet tentant qui avait piégé suffisamment de personnes pour rendre la tentative viable, et ils avaient réussi leur coup.

Si vous étiez désespéré, physiquement capable et assez intelligent pour comprendre les instructions mais pas assez habile pour les remettre en question, vous étiez la recrue parfaite pour Snowball. Les parents de Gregor correspondaient à cette liste et se sont donc retrouvés à mener une existence surréaliste en soutenant des machines minières dans des tunnels en apesanteur, gagnant de l'argent qu'ils ne pouvaient dépenser que dans les magasins de l'entreprise dans une boucle cyclique qui les garderait piégés jusqu'à... eh bien, pour autant que Gregor le sache, ils étaient toujours là, toujours au travail. Il en serait triste, sauf qu'ils semblaient heureux de la vie monotone et peu stressante qu'ils s'étaient taillée. Quant à Gregor, sa claustrophobie avait provoqué une bagarre de bar après l'autre jusqu'à ce que la compagnie minière de la comète lui donne le choix entre être expulsé dans l'espace sans combinaison ou trouver un autre endroit où vivre.

Gregor n'avait pas choisi Dynas, mais il avait quand même fini par y atterrir, marteau à la main et décidant de prendre la porte de droite pendant qu'Aurora regardait à gauche, vers la surtension. Bien que la séparation n'ait pas bien servi Sever jusqu'à présent, Gregor pouvait au moins jeter un coup d'œil à la pièce de droite et déterminer si des méchants avaient besoin d'être écrasés avant de revenir aux côtés d'Aurora.

— Reste en contact, dit Aurora en traversant le couloir, alors qu'ils marchaient lourdement vers les portes. Ne laisse pas les portes se fermer.

— C'est fait. Non pas que Gregor puisse empêcher la porte de se fermer, mais il devrait être capable de persuader quiconque dans cette pièce de la garder ouverte. Bonne chance.

Aurora ne répondit pas. Gregor devina qu'elle n'était pas une grande fan de la chance par rapport aux compétences. Il se dit, pourquoi ne pas avoir les deux ?

Traverser une pièce sombre dans une base pleine d'ennemis potentiels aurait dû lui faire peur, mais Gregor sourit et bascula sa visière en mode vision nocturne, enrobant la pièce d'un vert laser en entrant. Un grand espace, avec des conteneurs éparpillés correspondant à ceux du dessus, comme s'ils avaient été lâchés ici et que quelque chose d'autre les avait dispersés. Les conteneurs étaient également ouverts et le premier que Gregor rencontra était vide. Plus loin, le long du côté gauche, il aperçut la lueur brillante d'un multi-écran, éclairant les restes brisés d'une belle chaise. Quelque chose s'était battu ici, ou avait été lâché sans surveillance.

Maintenant presque au centre de la pièce, ne captant toujours aucun son parasite ou avertissement, Gregor commença un lent tour pour couvrir tous les angles, s'assurer que rien ne traînait dans les coins sombres. Il tenait le marteau à deux mains, plus que prêt à délivrer une attaque écrasante.

— Bonjour.

Une vraie voix, pas à travers les transmetteurs de Gregor. Gregor recula en se retournant vers la console, créant de l'espace pour balancer le marteau sur ce qui pourrait être là.

Quelque chose *était* effectivement là, bien que Gregor aurait eu du mal à mettre un nom sur ce qu'il voyait. Un homme, oui, mais un grand, vêtu non pas de vêtements mais de ce qui ressemblait à des tas déchiquetés de peau moussue. Au début, Gregor aurait qualifié l'homme de chose pourrissante, et quand il bascula sa visière en spectre normal, l'homme avait une peau d'un blanc choquant, une pâleur partagée entre les fantômes et les morts. En regardant davantage, et la créature semblait bien vouloir laisser Gregor prendre ses repères, les excroissances mousseuses, qui semblaient prolonger les jambes et les bras de l'homme à des longueurs supérieures à la normale, semblaient heureuses aussi.

N'attaquant pas tant l'hôte que l'améliorant de manière symbiotique.

Néanmoins, la créature ressemblait à un homme, ce qui signifiait qu'elle avait un point faible évident. Gregor déplaça le marteau sur le côté, prêt à prendre un grand élan et à fracasser la tête de la chose. La créature observa la préparation et ne bougea pas.

— Allez-vous me frapper ? demanda la créature.

— Dites-moi ce que vous êtes, et peut-être que je ne le ferai pas.

— Vous ne savez pas ? La créature réfléchit. Je suppose que je n'ai jamais vu quelqu'un comme vous auparavant. Êtes-vous nouveau ?

— On pourrait dire ça. Gregor bascula son transpondeur sur le canal de l'escouade, pour que la créature ne puisse pas entendre. Aurora, j'ai un contact, et il me parle. C'est étrange.

— Je dirais que vous êtes le bienvenu ici, mais ce serait un mensonge, la créature se déplaça, regarda à sa droite, et Gregor suivit son regard, mais il n'y avait rien dans cette direction sauf une paire de caisses ouvertes. Parce que nous ne pouvons plus vous laisser diriger nos vies.

Cela était déroutant. Diriger leurs vies ? Gregor avait participé à de nombreuses missions, avec Sever et sans, et jamais on ne l'avait accusé de diriger la vie de quelqu'un. De la ruiner ? Plein de fois. De la diriger ? Non.

— Je ne comprends pas. Gregor décida de jouer la sécurité. Aurora n'avait pas répondu, ce qui signifiait qu'il n'aurait peut-être pas de renfort, ou qu'il devrait peut-être aller la chercher. Que voulez-vous ?

— Ce que je veux ? La créature rit, un gargouillement qui aurait pu être autrefois celui d'un humain mais qui ne l'était plus. Savez-vous que pas une seule âme ne m'a jamais posé cette question ?

Gregor ne savait rien de la créature, et encore moins qui lui avait posé quelles questions. Ce qu'il savait, en revanche, c'était qu'ils n'avançaient pas. Soit cette créature pouvait lui faire du mal, à lui et à son escouade, soit elle ne le pouvait pas, et Gregor devait aller chercher Aurora.

— Je m'en fiche, dit Gregor. Si tu ne vas pas me faire de mal, alors je n'ai pas besoin de t'en faire. Et je partirai.

— Oh, ne pars pas, répondit la créature. Tu vois, nous prenons nos vies entre nos mains, mais nous sommes en infériorité numérique ici face à ceux d'en haut, en noir. Es-tu avec eux ?

— J'en ai déjà tué plusieurs.

— Bien. Alors peut-être pouvons-nous travailler ensemble.

Une explosion de parasites traversa le casque de Gregor et il grimaça. Quelque part dans ce fouillis de signaux, la voix d'Aurora avait surgi, un mot ou deux, emplis de stress et de panique. Il devait partir, maintenant.

— Peut-être plus tard.

Gregor commençait à se retourner lorsque la porte menant hors de la pièce claqua, les lumières virèrent au rouge, et les sons stridents d'une alarme générale commencèrent à retentir en cascade.

Pire encore, l'alarme intensifia les lumières, chassant l'obscurité des coins et du plafond. Dans ces recoins, leurs corps hypertrophiés suspendus à des toiles moussues les liant aux murs, se trouvaient d'autres créatures, bien que celles-ci semblaient en pire état que celle à qui Gregor avait parlé. Comme si leur maladie avait progressé bien au-delà du point de sanité mentale, au point où elles étaient plus champignon qu'être vivant.

Ce qui en faisait des candidates viables pour un coup de marteau.

Mais Gregor commencerait par le chef.

Il feinta vers la porte fermée et les monstres fongiques qui dégoulinaient, puis Gregor fit tournoyer le marteau dans un mouvement de la main droite vers la créature parlante. Le visage de la chose ne bougea pas, ne tressaillit pas alors que le marteau la traversait. Aucune résistance, une absence totale d'impact qui fit trébucher Gregor avant qu'il ne se rattrape en plantant lourdement son pied gauche sur le carrelage.

— Tu es un menteur, dit Gregor.

— Non, je suis Felix, répondit la créature. Un acronyme, je crois, bien que je n'aie jamais vraiment su ce qu'il signifiait.

Pour s'en assurer, Gregor tendit la main et essaya d'envelopper le visage de Felix avec sa grande main blindée. Il n'y avait rien. Seulement de l'air, et le scintillement de la projection holographique qui tentait de maintenir Felix stable.

— Où es-tu ? dit Gregor, en regardant l'ordinateur.

Parmi ses nombreux moniteurs, Gregor pouvait voir des flux vidéo de toute la base. Sai et Eponi apparaissaient dans un cadre, échangeant des tirs laser avec quelqu'un. Il ne voyait pas Rovo. Ne voyait pas Felix. Bats-toi, espèce de lâche.

— Je suis un leader, dit Felix, sa projection se contentant de suivre Gregor du regard. Le combat n'est pas mon but. Cela semble être le vôtre, cependant, et nous pourrions certainement utiliser un combattant comme vous.

— Qui est ce « nous » ?

— Je pense que tu le sais déjà.

Gregor ne le savait pas, mais il avait entendu suffisamment d'ennemis déclarer des choses comme ça pour comprendre que quelque chose de mauvais allait se produire. Ce quelque chose se manifestait de manière évidente chez les créatures fongiques, qui avaient quitté leurs perchoirs suspendus pour ramper vers Gregor avec des mouvements suceurs et glissants qui laissaient derrière eux une tache vert-jaune sur le sol. Leurs bras à moitié formés, envahis de champignons et de nids enchevêtrés de minuscules lianes, s'étendaient et se collaient au sol, les tirant vers l'avant. Lentes, mais effrayantes. De bonnes cibles pour le marteau.

L'homme fort de Sever retraversa l'image de Felix, franchit la distance jusqu'à la créature la plus proche et abattit le marteau dans un coup massif à deux mains. Contrairement à Felix, cette chose ne put ignorer l'attaque en vertu d'être une projection. Au lieu de cela, la créature explosa. Gregor sentit à peine de résistance dans ses mains en terminant le coup, mais vit les résultats éclabousser autour de lui, sur sa visière et partout ailleurs.

DefenseCorp avait déjà combattu de nombreuses monstruosités bio-conçues auparavant, y compris des virus parasites et du gel mutant qui continuait simplement à avancer jusqu'à ce qu'on le brûle avec du feu, et Sever avait l'équipement pour gérer tout cela. Alors Gregor s'éloigna du désordre qu'il avait créé, serra son poing gauche deux fois pour déclencher le mini lance-flammes intégré à l'armure de tous les membres de Sever, et lança un jet de destruction orange vif sur les restes de sa première victime, la carbonisant jusqu'à l'oubli.

— Je ne m'attendais pas à cela, dit Felix. Tu es plus capable que tu en as l'air, et tu as l'air plutôt capable.

Gregor ne répondit pas, mais se tourna vers la deuxième créature, celle-ci tendant la main vers ses pieds. Il fit tournoyer le marteau quand quelque chose atterrit sur son visage. Une substance visqueuse recouvrit sa visière, tandis que le poids de la créature sur sa tête fit pencher Gregor en avant, l'inclinant vers celle au sol. Un second poids atterrit sur le bas de son dos une demi-seconde plus tard, et Gregor lâcha le marteau pour essayer d'atteindre son dos, d'arracher ces choses. Celle au sol fit alors son impact, attrapant et tirant le pied droit de Gregor, le faisant s'écraser au sol.

— Et pourtant, pas si capable que ça, poursuivit Felix.

Cette fois, Gregor ne put répondre. Les créatures l'avaient enveloppé, et il pouvait sentir leur substance visqueuse s'infiltrer dans son armure, leurs bras autour de son cou, tandis que l'odeur putride de la pourriture étouffait sa respiration.

19

UNE ISSUE

On ne se lance pas dans la course pour être en sécurité. Eponi connaissait les risques lorsqu'elle a commencé à piloter des aéroglisseurs après la fermeture des bars, quand suffisamment de pilotes spatiaux ivres ou drogués laissaient leurs engins traîner, prêts à être bricolés et boostés. Les casiers judiciaires étaient rédhibitoires sur Seleno, où quiconque était reconnu coupable de pratiquement n'importe quoi se faisait expulser vers une station minière délabrée pour aller embrasser la poussière d'astéroïde. Eponi s'assurait donc de rapporter tout ce qu'elle empruntait avant que les propriétaires ne soient assez sobres pour s'en soucier. Entre-temps, elle faisait filer ces engins à travers des canyons aux bords rougeoyants où, en regardant bien, on pouvait encore apercevoir un peu du vrai Seleno sous les modifications qu'ils avaient apportées au monde.

Toute cette expérience n'avait pas donné de raccourci à Eponi. Pas du tout. On lui avait dit qu'elle devrait gravir une longue échelle avant de pouvoir piloter un vrai bolide, et cela s'était avéré tristement vrai. Eponi avait d'abord dû jouer les mécaniciennes, puis les pilotes d'essai pour des groupes mineurs écumant les circuits de bas étage. Avec les aéroglisseurs, ils sprintaient à travers les vastes déserts dans des courses contre la montre impitoyables pour voir qui pourrait pousser son tas de ferraille cabossé à cracher quelques ions de plus que le suivant. Conduire en ligne droite ne lui avait pas apporté de compétences de pilotage utiles, mais cela avait appris à Eponi à aller vraiment, vraiment vite. Et pour une pilote de course, c'est un assez bon début.

— Alors tu vas nous frayer un chemin hors de ce bâtiment avec cette épée ? demanda Eponi à Sai tandis qu'ils se tenaient au-dessus des soldats inconscients.

— Hors ? répondit Sai. Rovo, avec son armure, est toujours à l'intérieur. Aurora et Gregor aussi.

— D'accord, mais tu as dit avoir fait sauter le seul chemin pour retourner vers eux.

— Que j'ai vu.

Sai. Parfois, Eponi avait envie de lui donner un coup de pied dans les tibias. De donner des coups de pied à la plupart des membres de Sever, en fait. Ils n'étaient pas bêtes, pas vraiment, mais ils rataient tellement de choses. Eponi avait pris le poste de pilote parce que laisser quelqu'un d'autre toucher le manche à balai signifierait un risque qu'elle ne pouvait pas se permettre de prendre, mais elle ne pouvait pas les sauver tous tout le temps.

— Mon ami, commença Eponi. Vois-tu d'autres gardes entrer ici et nous tirer dessus ?

— Non ? Sai pencha la tête.

— Pourquoi penses-tu que c'est le cas, s'ils te poursuivaient dans cette direction ?

— Parce que je les ai tous fait exploser ?

Eponi lui lança un regard fixe. — Tous ? Tu penses

qu'absolument cent pour cent des gardes qui te poursuivaient sont morts dans une explosion qui ne t'a même pas posé de problèmes ?

— Peut-être ?

Un roulement d'yeux et un pas ferme vers la porte firent bouger Sai pour la devancer dans le couloir, confirmant qu'il était toujours, en effet, vide.

— Tu vois, Sai, s'ils avaient un autre moyen de revenir ici, ils seraient déjà là, conclut Eponi. Donc encore une fois, je dois te demander, où allons-nous ? Si Rovo est par là-bas, alors soit nous passons à travers tes décombres, soit nous faisons le tour jusqu'à la porte que nous avons déjà utilisée.

Sai pointa dans l'autre direction du couloir. Cette direction serait parallèle à la salle de la centrale électrique et pourrait les mener au bord extérieur de la base. — Allons par là. Si tu as raison, et tu peux avoir raison sans être désagréable, ça nous mènera dehors.

— Je pourrais être plus gentille, mais ce ne serait pas amusant.

Eponi pouvait, cependant, laisser Sai mener tandis qu'elle couvrait leurs arrières avec les pistolets qu'elle avait pris aux deux gardes. Son ancien pistolet, celui qu'elle avait apporté à travers la fenêtre, avait été écrasé par les soldats quand ils l'avaient attrapée. Une tactique d'intimidation, mais les petites armes avaient envahi la galaxie plus vite qu'une maladie une fois développées, alors Eponi ne se souciait pas vraiment que la sienne ait été réduite en morceaux de métal.

Après s'être échappée de la salle de contrôle de l'entrée principale, Eponi avait traversé un long couloir avec des embranchements pour les toilettes et pas grand-chose d'autre avant d'arriver aux baraquements, où elle avait trouvé la paire qui l'attendait, armes prêtes.

Eponi aurait combattu sauf que, allez, elle n'avait pas d'armure, ils la tenaient en joue, et ces lits superposés signifiaient que d'autres gardes étaient probablement proches. Alors elle avait jeté son pistolet au sol, levé les mains en l'air, et temporisé jusqu'à ce que Sai la trouve. À vrai dire, elle aurait bientôt fait son propre mouvement de toute façon, car il était devenu clair que personne d'autre n'était là pour renforcer les deux crétins, dont les piètres capacités d'interrogatoire étaient une preuve amplement suffisante de la raison pour laquelle ils avaient été affectés ici, aux confins de la raison.

Sai s'arrêta au mur extérieur au bout du couloir, qui s'avéra être commodément une porte épaisse marquée de signes d'urgence. Une sortie rapide en cas de défaillance catastrophique.

— Je dirais que nous remplissons les conditions pour une sortie d'urgence, dit Eponi alors que Sai tendait la main vers la barre physique pour pousser la porte.

— Je ne suis pas en désaccord, dit Sai en commençant à pousser. Quand nous sortirons, nous devrons faire le tour. Peut-être prendre le reste des gardes par surprise ?

— Nous ne gagnerons pas avec ces chances.

— Nous n'avons pas le choix.

Eponi n'en était pas si sûre, mais Sai poussa la porte, révélant le marais vert qu'Eponi ne voulait plus jamais revoir. Quelqu'un avait désactivé les tourelles, ou elles avaient abandonné quand Sever avait disparu de vue, alors les cubes violets parsemant encore les lianes et les branches d'arbres ne tirèrent pas immédiatement. Sai ouvrit la voie, avançant prudemment, et Eponi, le suivant, ramassa une pierre du sol boueux et la cala entre le mur de la base et la porte qui se refermait. Au moins, ils pourraient rentrer à l'intérieur, trouver un abri.

— Regarde ça, dit Sai, pointant vers sa gauche. D'après les souvenirs d'Eponi de la base, aller à droite et longer le mur les ramènerait à l'entrée principale. — C'est un ascenseur.

Un ascenseur à ciel ouvert en plus, montant le long du côté de la base vers le sommet, plusieurs étages au-dessus d'eux et enveloppé d'une brume jaune. Les ascenseurs extérieurs comme celui-ci étaient généralement réservés aux avant-postes de fortune qui n'incluaient pas d'entrées principales, de centrales nucléaires et de contingents de gardes, étant donné qu'exposer quelqu'un aux éléments pendant qu'il montait et descendait à toute vitesse avait tendance à, eh bien, être désagréable. Ce qui faisait de celui-ci, dimensionné pour peut-être trois personnes sur sa base métallique plate et grise aux bords rongés par la rouille, une bizarrerie.

— Cet endroit devient de plus en plus étrange, dit Eponi. On peut rentrer à la maison maintenant ?

— J'aimerais bien. Sai s'approcha de l'ascenseur. Il semble être en marche. Tu veux l'essayer ? Je préfère prendre le risque de monter plutôt que d'affronter à nouveau tous ces fusils. Peut-être qu'on pourra trouver une autre entrée là-haut.

— Lâche, répliqua Eponi. Mais allons-y.

L'une des caractéristiques définissant Sever était leur capacité à improviser, même si cela menait souvent à des changements drastiques dans la portée de la mission, des dommages collatéraux, et l'occasionnelle capture d'animaux exotiques qui semblaient cool sur le moment mais s'avéraient dangereux dans les espaces confinés d'une navette d'évacuation.

Néanmoins, Aurora avait défendu cette qualité particulière après avoir examiné les rapports post-mission et décidé que l'escouade s'en sortait mieux — moins de membres rôtis — sur les missions avec des paramètres plus larges laissés à l'interprétation des membres de l'escouade.

— Tout est permis, non ? dit Sai, rengainant son épée et la remplaçant par un fusil. Tu couvres le bas, je surveille le haut.

— Compris, bombardier.

— Tu sais que je suis plus âgé que toi, n'est-ce pas ?

— Devine qui s'en fiche ?

Malgré la blague, Sai attendit qu'Eponi soit montée dans l'ascenseur avant d'appuyer sur la flèche verte lumineuse pointant vers le haut sur un panneau abrité s'élevant de l'unique garde-corps à hauteur de taille de l'ascenseur. Une petite section s'ouvrit pour les laisser entrer, et se referma lorsque l'ascenseur s'éleva. Eponi s'attendait à moitié à ce qu'un skiff arrive en volant et déverse un laser brûlant pendant qu'ils se tenaient, piégés, dans l'ascenseur montant lentement, mais rien n'apparut sauf la brume plus épaisse du marécage et une sensation d'être perdu dans le temps alors que le brouillard cachait le haut et le bas.

L'ascenseur atteignit le toit, une chose hérissée couverte de bouches d'aération et de tubes noirs arqués sans doute envoyant toutes sortes de produits chimiques vers et depuis la base, et Eponi ne put s'empêcher de fixer l'atterrissage grossier qui avait lieu au même moment. Dominant le centre visible du toit, quatre longs crochets métalliques avec des plaques magnétiques carrées greffées sur le dessus s'élevaient à plusieurs mètres dans le ciel où, en ce moment, ils attrapaient un autre skiff.

Il y avait aussi des soldats sur celui-ci, bien que contrairement aux premières vagues contre lesquelles Sever s'était battue en bas, ceux-ci portaient une armure plus épaisse que les combinaisons moulantes et transportaient ce qui ressemblait à des armes d'assaut — de grosses choses méchantes avec des fentes vertes luminescentes sur leurs canons montrant des niveaux de puissance prêts à semer la dévastation.

— On dirait qu'on n'a vraiment pas de chance aujourd'hui, dit Sai alors qu'ils s'empressaient de quitter l'ascenseur pour se mettre à l'abri d'une bouche d'aération à proximité qui crachait une fumée blanche qui sentait, vaguement, la viande en train de cuire.

Certes, il y avait des chances que ces gardes tombent sur eux deux et transforment Eponi et Sai en bacon Sever, mais Eponi préférait, comme son verre avait besoin d'un remplissage d'urgence, transformer le malheur en positif.

— On peut prendre leur skiff, dit Eponi. Regarde.

Presque tous les gardes avaient débarqué du skiff, descendant alternativement par des échelles de corde rudimentaires drapées sur les côtés. Bien qu'Eponi n'irait pas jusqu'à qualifier les gardes de souples dans leur armure, ils descendaient sans trop de problèmes. Plusieurs se dirigèrent vers l'ascenseur, tandis que d'autres ouvraient une trappe sur le toit avec un rapide scan de badge et disparaissaient à l'intérieur. Plus de choses pour Aurora, Gregor et — beurk — le bleu à gérer. Eponi et Sai parvinrent à se baisser et à contourner le côté de la bouche d'aération de sorte que les gardes qui approchaient les manquèrent complètement.

— Ils sont pressés, observa Sai.

— Moi aussi. Eponi attendit que l'ascenseur disparaisse du toit. Prenons-le.

Deux gardes restaient, et tous deux se tenaient en haut de leur skiff. Cependant, aucun ne prêtait particulièrement attention au toit — après tout, leur horde alliée venait d'utiliser les deux seuls moyens d'y accéder — et semblaient plutôt regarder des écrans portables, la lueur bleue les trahissant alors que Sai et Eponi s'approchaient furtivement.

— Fais-moi la courte échelle, dit Eponi. Elle n'admettrait jamais être la plus courageuse de Sever mais, sans armure, elle gagnait définitivement le concours de poids. Tu me suis.

— Tu es sûre ?

— C'est ce que je te dis, non ?

Sai n'insista pas après ça, mais s'agenouilla et tendit ses mains. Eponi tenait ses pistolets, prête à l'action, quand Sai fit un bond propulsé depuis le toit. Le saut lui-même les amena presque au niveau du skiff, alors quand Eponi s'élança de la main offerte, elle vola par-dessus la rambarde et atterrit sur ses deux pieds, tirant immédiatement. Le premier garde reçut une paire de tirs dans le dos de son cou et s'effondra, tandis que le second encaissa un tir dans la poitrine avant de charger Eponi avec la rage meurtrière de quelqu'un qui avait oublié le gros fusil sur son dos.

Eponi se baissa et avança, attrapant le garde chargeant et utilisant son propre élan pour le projeter par-dessus son dos, même si le poids du garde la plaqua au sol. Plutôt que de voler par-dessus le skiff, comme Eponi l'avait prévu, le garde ne fit que s'écraser contre la rambarde, rebondissant alors qu'Eponi se retournait sur son genou, essayant de braquer ses pistolets. Le garde se rappela enfin qu'il avait aussi une arme et la fit passer par-dessus son épaule alors qu'Eponi tirait un autre coup. Le tir grésilla dans la poitrine du garde, laissant une brûlure noire, mais n'arrêtant pas le mouvement de l'ennemi.

Ce gros fusil était pointé droit sur elle. Le garde appuya sur la gâchette, et le skiff fit une embardée violente, s'inclinant vers l'avant et la droite. Le tir du garde partit vers le ciel alors qu'il basculait par-dessus bord.

Eponi saisit la rambarde du skiff et essaya de comprendre ce qui s'était passé. Elle se pencha alors que le skiff commençait à glisser vers l'avant, entamant sa plongée nez en premier vers le toit.

Le pied métallique avant gauche avait été tranché, et le trancheur se tenait au-dessus du garde, terminant son travail sanglant avec sa lame. Eponi avait toujours pensé que l'épée de Sai était plus un ornement, une concession à une sorte de tradition qui n'avait guère sa place dans une galaxie de vaisseaux spatiaux et de lasers, mais elle ne pouvait pas contester les résultats de Sai.

Sauf que sa manœuvre pourrait détruire le skiff — l'engin ne volerait pas s'il s'écrasait de plein fouet contre le bâtiment.

Eponi se poussa vers l'arrière du skiff et la petite cabine de pilotage qui abritait les commandes de l'engin. Long d'environ huit mètres, les skiffs n'étaient pas exactement énormes, mais Eponi devait parcourir cette distance en montée, se tirant alors que le skiff continuait sa lente glissade. La cabine s'élevait d'un mètre au-dessus du pont du skiff, un petit escalier descendant vers la cabine protégée, le seul endroit sur le skiff offrant quelque chose comme un blindage à ses occupants. Eponi atteignit l'escalier d'un plongeon, laissant tomber un pistolet et inversant sa prise sur l'autre pour utiliser sa crosse pour s'accrocher à la lèvre de l'encadrement de la porte. Elle tira, obtenant juste assez d'élan avant que la crosse ne glisse pour tendre sa main gauche, enrouler ses doigts autour de l'encadrement métallique de la porte, et compléter la traction.

Elle ne critiquerait plus Aurora pour avoir imposé le régime d'exercice strict de l'escouade.

À l'intérieur, Eponi appuya sur le seul bouton qui importait, et les réacteurs à sustentation du skiff rugirent tandis que son nez commençait à frôler la surface du toit. La propulsion soudaine envoya le skiff racler le métal, écrasant des tuyaux et un autre boîtier d'aération, faisant tellement de bruit que, si Eponi et Sai s'étaient cachés auparavant, ce n'était définitivement plus le cas maintenant. Mais, avec son nez portant de nouvelles cicatrices, le skiff se stabilisa à un mètre de hauteur, brûlant de l'énergie pour rester en vol et en vie.

Il pourrait voler.

Ils pourraient voler.

— Sai ? dit Eponi, se dirigeant vers le bord du skiff. Tu viens ?

Le démolisseur venait, en effet, mais se déplaçait plus lentement dans toute cette armure. Sai s'approcha, rengaina son épée, et fit un autre saut propulsé, atterrissant sur le pont du skiff avec le genre de panache qui manquait cruellement à l'entrée d'Eponi.

Parfois, il fallait sacrifier le style pour atteindre l'objectif.

— Joli coup, dit Sai en voyant Eponi remonter une des échelles de corde et alla rétracter l'autre. Tu sais piloter un de ces engins ?

— Bien sûr, répondit Eponi.

Pourtant, rien de cette expérience n'expliquait pourquoi le skiff, alors que Sai remontait l'échelle, décolla soudainement du toit, ses réacteurs montant en puissance et les faisant tourner dans une direction différente, loin de l'endroit où Sever avait atterri.

— C'est toi qui fais ça ? demanda Sai.

— Ce n'est certainement pas moi, dit Eponi, se dirigeant déjà vers la cabine de pilotage.

Là, brillant sur les écrans, se trouvait la raison de l'apparente conscience du skiff : un message demandant un code d'accès pilote. En l'absence de celui-ci, indiquait le message en lettres dorées sur fond rouge vif, le skiff retournerait à sa base. Tout passager, précisait un second message plus petit, devait s'attendre à un interrogatoire et pire encore.

Eponi soupira. Ils ne pouvaient vraiment pas gagner.

20

JEUX ET DIVERTISSEMENTS

Q ui est-ce ?

Rovo examina attentivement la commande. Piégé dans le bureau, avec ces lumières rouges signalant des patrouilles qu'il préférait éviter, Rovo décida qu'il pourrait mieux rester caché s'il parvenait à percer le cryptage que les gardes avaient appliqué à leurs transmissions. Le communicateur de son casque pouvait désassembler les données, mais Rovo devrait d'abord lui donner le bon code d'accès, un filet numérique qui capturerait le bruit et laisserait passer les mots précieux. Les indices pour de telles choses se trouveraient probablement, si Rovo était un homme à parier, sur les ordinateurs.

Rovo était définitivement, au détriment d'un possible avenir non-Sever, un homme à parier. Et ce bureau avait beaucoup d'ordinateurs.

Je suis avec toi.

La réponse était un peu risquée. Qui savait comment parlaient les gardes, si la faction qui dirigeait le bourbier marécageux de Dynas utilisait un langage truffé d'acronymes comme les communications internes de Defense-Corp ou s'ils employaient un argot labyrinthique que Rovo ne pouvait espérer imiter. Contrairement à son travail précédent de déchiffrage des transmissions codées et de leur adaptation pour une consommation publique, Rovo n'avait pas eu l'occasion de lire les documents de Dynas et de se familiariser avec leurs schémas de langage.

Tu es un menteur.

Rovo fit la moue à cette réponse. Non seulement il n'avait aucune idée de la façon dont ils parlaient ici, mais Rovo ne savait pas non plus à qui il parlait - tapait ? La fenêtre de discussion avait dominé la console dès que la demi-douzaine de tentatives molles de Rovo avec des mots de passe approximatifs avait échoué à lui donner accès aux secrets les plus profonds de la base, ou à son menu de déjeuner.

Rovo avait espéré quelque chose comme ça - la plupart des endroits avaient remplacé un verrouillage générique par un agent alerté pour plusieurs connexions incorrectes, car de tels événements indiquaient soit un besoin profond d'aide à cette époque où les mots de passe étaient encodés dans le corps, soit une situation d'urgence, comme celle de Rovo. Malheureusement, cette personne traitait la demande d'accès d'urgence de Rovo avec suspicion plutôt qu'avec une obéissance aveugle.

Un niveau de qualité qui ne se reflétait pas souvent dans l'ancien bureau de Rovo, ni dans le travail ni dans le café.

Je ne suis pas habituellement à cette console, mais nous sommes attaqués.

Nous le savons. Cela ne vous donne pas accès. Quel est votre identifiant ?

Encore une question difficile, avec une seule réponse.

Je l'ai perdu. Nous paniquons ici !

Il envisagea, mais n'ajouta pas, un deuxième point d'exclamation. Rovo devait sembler suffisamment urgent pour que la personne de l'autre côté renonce au scan habituel, mais pas assez fou pour sembler devoir fuir plutôt qu'accéder à un ordinateur. Une ligne délicate à suivre.

Le texte resta affiché à l'écran - un dégradé bleu-gris plutôt agréable, comme les ciels d'hiver argentés et adoucis sur Tau de la brève enfance de Rovo - clignotant jusqu'à ce que, avec un bruit sourd, la porte du bureau se verrouille. Des boucliers anti-souffle, de grands rectangles noirs, tombèrent sur les deux petites fenêtres, scellant Rovo dans un cercueil d'entreprise.

Sais-tu à quel point c'est ennuyeux de jouer à la sécurité sur ce monde ?

Pourquoi m'as-tu enfermé ?

Chaque jour, je reçois la même série de demandes de personnes beaucoup moins intéressantes que toi. Installez ceci, réinitialisez cela. Devine ce que ça t'apporte, après suffisamment de temps ?

Rovo croisa les bras, une proposition quelque peu encombrante dans l'armure, et fixa l'écran. La conversation avait pris un tournant, mais les gardes ne s'étaient pas encore déversés par la porte, et aucun piège laser caché ne l'avait incinéré en cendres, donc jouer le jeu serait un meilleur mouvement que de faire exploser son chemin hors de la pièce.

Aucune idée ?

Plein d'idées, en fait. Tu veux prouver que tu es l'un des nôtres ?

Oui.

Alors que dirais-tu d'un jeu ?

Ai-je mentionné que nous sommes attaqués ?

Ai-je mentionné que je m'en fiche ?

Tu ne l'avais pas fait.

Je m'en fiche.

Si Rovo n'avait pas été coincé dans une base remplie d'ennemis avec l'armure de son coéquipier et avait été, à la place, dans un bar graisseux avec une pinte en train d'avoir cette même conversation, il aurait pu s'amuser. La personne à l'autre bout de cette connexion semblait avoir un bon sens de l'humour, pouvait être amusante. Malheureusement, ce n'était pas la réalité, et Rovo devait bouger ou il serait soit laissé derrière, soit trouvé et assassiné.

Allons-y alors.

L'écran réagit instantanément au choix de Rovo, comme si son adversaire avait été assis là, attendant la réponse avec un doigt planant au-dessus du bon bouton. Au lieu d'afficher du texte, le fond bleu-gris s'estompa pour laisser place à un blanc plat, sur lequel apparut une grille de quatre carrés. Chaque quadrant fit apparaître un point de sa propre couleur, un peu lentement, comme si quelqu'un versait de la peinture sur l'écran, jusqu'à ce que le tiers central de chaque case soit rempli. Rouge, jaune, vert et bleu. Le long des bords de la grille, formant une couche de briques autour du bord de l'écran, se trouvaient des morceaux de blanc coupés par des lignes noires en rectangles.

Nourris les couleurs, garde-les aussi équilibrées que possible.

Le texte apparut dans une boîte grise plate superposée à la grille, qui se dissipa en quelques secondes. Tout ce dispositif ressemblait à un simple jeu créé par quelqu'un apprenant les opérations les plus basiques de la programmation informatique, mais Rovo ne semblait pas avoir d'autre choix que de jouer. Enfin, il en avait un, mais se frayer un chemin en tirant semblait toujours une mauvaise idée — de temps en temps, par-dessus le harcèlement constant de l'alarme, Rovo pouvait entendre la course effrénée d'un garde.

Il ne semblait pas y avoir d'endroit où Rovo puisse taper quoi que ce soit, alors sans instructions, il fit glisser ses doigts sur l'écran. Toucher les couleurs les faisait onduler, mais elles reprenaient leur forme de petits cercles, contentes de rester en place. Toucher le blanc à l'intérieur des grilles ne semblait rien faire, mais quand Rovo toucha l'une des briques, celle-ci se colla à son doigt, se déplaçant hors de sa position et provoquant le réajustement de tout l'extérieur jusqu'à ce que les espaces noirs entre les briques s'égalisent à nouveau. Rovo fit glisser son nouveau jouet vers la couleur la plus proche — le rouge — et comme un petit trou noir, dès que Rovo approcha le rectangle, le rouge l'engloutit. Il aspira simplement la brique blanche et la consomma, et ce faisant, le rouge grossit.

Nourrir les couleurs. Les maintenir équilibrées. Rovo pouvait faire ça.

Alors il continua, faisant glisser les briques vers chaque couleur à tour de rôle jusqu'à ce qu'elles aient presque toutes rempli leurs grilles. Les couleurs frémissaient maintenant, comme des êtres vivants, et leurs tentacules d'encre s'étendaient vers les briques dès que Rovo les touchait, traversant parfois les frontières de la grille pour empiéter sur le territoire des autres. Plus difficile maintenant, peut-être, mais Rovo persévéra. Il ne restait que quelques briques. Il en traîna une de plus vers le rouge, évitant une brusque attaque du jaune alors qu'il déplaçait la brique en haut de l'écran. Le rouge s'en empara et grossit.

Et continua de grossir. Le rouge appuya contre les bordures de sa grille tandis que Rovo allait chercher une autre brique, prévoyant de la faire glisser vers le jaune. Mais avant que Rovo ne puisse y arriver, le rouge déplaça sa masse aqueuse et la pressa contre la bordure droite avec le jaune, débordant par-dessus la ligne et se déversant dans l'autre liquide. Le jaune rétrécit, reculant face à l'incursion alors même que Rovo essayait d'y amener une autre brique. Trop tard. Le rouge absorba le jaune comme une serviette absorberait une flaque, aspirant la couleur et l'effaçant tout en grandissant de plus en plus jusqu'à ce que le rouge remplisse les deux quadrants supérieurs de l'écran. Rovo nourrit le bleu et le vert de briques, mais l'effort ne servit à rien tandis que le rouge poursuivait sa conquête, les absorbant et les dévorant tous jusqu'à remplir l'écran.

Partie terminée.

L'arrière-plan bleu-gris revint en un clin d'œil. Du texte y était inscrit. Se moquant de lui.

Qu'est-ce que c'était que ça ?

C'était Dynas. Ce qui se passe ici. Tu as aimé ?

Je ne comprends pas. Que sont les couleurs ? La nourriture ?

Tu rencontreras bientôt les couleurs, je pense.

Et la nourriture ?

La porte du bureau se déverrouilla dans un bruit sourd. Les stores de la fenêtre se rétractèrent.

La nourriture, c'est toi.

21

DANS L'OBSCURITÉ

Seule dans une pièce sombre avec une porte fermée derrière elle. Aucune transmission de Gregor, ni de quiconque dans l'Escouade Sever. Aurora aurait pu être morte et la seule raison pour laquelle elle savait que ce n'était pas le cas était la ligne verte brillante sur sa visière qui, avec ses légers spasmes et son rythme régulier, confirmait sa présence continue parmi les vivants.

Quant à savoir si elle le resterait encore longtemps...

Aurora tapota son casque, activant la lampe torche et balaya la pièce d'une lumière jaune-blanche. Certaines personnes préféraient utiliser leur vision nocturne à la place, garder les choses sombres, mais Aurora était l'intrus ici et tout ce qui l'attendait avait choisi la nuit. Mieux valait faire du terrain le sien.

Répandues sur le sol en cercles rouge-violet éclaboussés, se trouvaient des taches dont Aurora ne pouvait que deviner les origines. La réponse évidente aurait été du sang, mais les cercles nets ici parlaient d'un déversement contrôlé, des globules manufacturés qu'Aurora avait vus dans diverses installations menant des travaux expérimentaux.

Ces entreprises, celles qui repoussaient les limites de la biologie, avaient tendance à être situées dans les grands centres urbains où leur besoin continu de talents et de sujets de test pouvait être satisfait. Dynas n'aurait ni l'un ni l'autre, pourtant Aurora aurait parié tout son salaire de Sever que cette chambre avait été le théâtre de plus d'une hypothèse testée.

Au-delà des taches, la seule caractéristique intéressante de la pièce était la grande console d'ordinateur dans le coin arrière droit. Plusieurs écrans empilés les uns sur les autres témoignaient du besoin d'informations immédiates, comme celles nécessaires pour garder un œil sur des tests fragiles. Des trous dans le mystère de Dynas se comblaient ici, bien qu'Aurora continuait de trouver plus de questions qui l'attendaient à la fin de chaque réponse. Pourquoi avoir un laboratoire comme celui-ci dans un coin isolé d'une planète marécageuse et reculée ? Qui étaient ces gardes et d'où venaient-ils ? Qu'est-ce qui avait causé la substance visqueuse dans laquelle son pied gauche avait marché alors qu'elle se dirigeait vers l'ordinateur ?

— Je ne la toucherais pas, dit une voix derrière elle, calme et polie.

Aurora fit un pas de côté en se retournant, se mettant hors de portée de tout tir immédiat. Elle leva son fusil, prête à tirer sur l'étrange créature qui se tenait au centre de la pièce et la regardait avec une tête penchée, si on pouvait appeler ça une tête. La quantité de croissances tortillantes et frétillantes sur le corps de la chose la faisait ressembler moins à un humain et plus à une tumeur cancéreuse venue à la vie. Des membres semblaient être présents, mais ils se confondaient avec la croissance pour donner une impression générale de quelque chose qu'Aurora avait très envie de mettre hors de sa misère évidente.

Avant de faire cela, cependant, Aurora allait découvrir ce que c'était et d'où ça venait. Un appel de détresse les avait amenés ici, et cette chose pourrait être la raison pour laquelle.

— Pourquoi pas ? demanda Aurora, son fusil stable. Tu as peur que je trouve quelque chose ?

— En me regardant, je dirais que tu as déjà trouvé, répondit la chose. Je m'appelle Felix. Et toi ?

Felix, plus Aurora le regardait, semblait vaciller, et son corps était lumineux dans la pièce sombre, projetant de la lumière sur le sol autour de lui plutôt que de l'ombre. Aurora retraça le clignotement de Felix jusqu'aux coins de la pièce, où de petits points lumineux complétaient le reste du puzzle. Une projection. C'est ainsi que Felix était apparu si soudainement, pourquoi son armure ne l'avait pas avertie d'une nouvelle présence se faufilant derrière elle.

— Aurora. Et je suis toujours humaine. Qu'es-tu ?

Felix regarda autour de la pièce et vers le sol, bien que son regard ne se posât pas exactement sur aucune des taches. Pas un reflet parfait alors, Felix devait deviner certaines parties de la pièce autour de lui. Cela ne signifiait peut-être pas grand-chose maintenant, mais savoir que cette chose ne pouvait pas tout voir avec une clarté parfaite pourrait être utile. Cette pensée incita Aurora à écouter ses communications, mais rien ne filtrait sauf un léger grésillement. Toujours rien de Gregor.

— Exactement ce que tu dois penser que je suis, dit Felix, et il se laissa aller à un lourd soupir bouillonnant. Je sais que je ne suis pas agréable à regarder.

— Tu es beaucoup à regarder, en fait. Aurora fit un geste vers Felix avec son arme. Que s'est-il passé ?

— Je suppose que tu as vu l'extérieur de cette base ?

— Tu supposes bien.

— Alors tu sais que Dynas n'est pas un monde hospitalier. Comme tant d'autres à travers la galaxie, les humains y sont mal adaptés. Felix parlait et son corps bougeait de lui-même, ses parties se tortillant. Dégoûtant et fascinant à parts égales. Ce que je suis est une tentative ratée de corriger notre nature physique.

— Rejoindre le marécage pour coloniser le marécage ? dit Aurora. Ne pouvons-nous pas laisser ces mondes aux espèces qui les veulent ?

— Pour la réponse à cela, il faudra demander à ceux qui m'ont créé.

Aurora, et l'Escouade Sever en général, n'étaient certainement pas la police. Leur description de poste n'incluait pas l'arrestation des hors-la-loi à moins d'être spécifiquement engagés pour le faire. Bien que quiconque se soit engagé dans le jeu génétique extrême requis pour créer quelque chose comme Felix ait enfreint toutes sortes de lois et de normes galactiques, c'était, pour être franc, pas le problème d'Aurora.

— Je me contenterai d'un moyen de sortir et de la sécurité de mon équipe, dit Aurora. À moins que je ne me trompe, tu as un certain contrôle sur cette base ?

Felix parlait comme un leader. Une personne qui était tombée au pouvoir sans nécessairement le chercher, et bien qu'ils ne fussent pas à l'aise à porter ce manteau particulier, ils le supporteraient néanmoins.

— Je le suis, et je ne le suis pas, dit Felix. Je suis un voyou qui a été ignoré assez longtemps pour trouver de nouveaux problèmes à résoudre, des problèmes pour lesquels tu pourrais m'aider.

— Nous sommes déjà sur une mission, désolée.

— Peut-être pourrais-je te faire changer d'avis ? Tu n'as pas encore entendu mon offre.

— Surprends-moi, alors.

Quelle que soit son apparence, et Felix semblait n'avoir presque rien à offrir, la galaxie avait montré à Aurora maintes et maintes fois que rejeter des possibilités d'emblée menait à des opportunités manquées. Si Felix avait quelque chose qui pouvait avoir plus de valeur pour Sever que la poursuite de leur mission, Aurora avait la latitude de l'accepter.

Les projecteurs dans les coins de la pièce clignotèrent et l'image de Felix disparut, se transformant à la place en quatre créatures identiques, grandes et filiformes dans les coins de la pièce. Chacune ressemblait à une version plus maigre et plus faible de Felix, bien que leurs visages montrent une impressionnante diversité de teints de peau, d'âges et de sexes. Quiconque avait créé ces choses ne se souciait pas de discriminer. Par ailleurs, elles étaient encore plus laides que Felix, leurs excroissances noircies et dégoulinantes d'une bave qui s'estompait et disparaissait à mesure que les créatures faisaient des pas tremblants vers Aurora.

Aussi dégoûtantes qu'elles paraissaient, alors que leur démarche difforme révélait leurs muscles en évidente décomposition, le silence de leur approche, l'absence totale de son ou de bip d'avertissement de sa visière perturbait davantage Aurora. Elle n'avait rien à craindre des choses qui s'approchaient d'elle, ce n'étaient que des projections, et pourtant elles semblaient si, si réelles.

Aurora tira avec le fusil avant même de réaliser ce qu'elle faisait. Le laser lumineux transperça la projection la plus proche, la coupant en deux et envoyant ses morceaux carbonisés au sol, où ils grésillèrent dans la lumière de la projection. Attends. Ça n'aurait pas dû arriver, à moins que ces projecteurs puissent gérer...

La bave agrippa l'épaule droite d'Aurora par derrière,

son poids bien réel. Aurora ne se retourna pas, mais donna un coup de coude en arrière, repoussant la petite créature loin d'elle. Puis Aurora bondit en avant, se précipitant vers la créature restante devant elle, tirant deux tirs brûlants qui abattirent le monstre. Elle pourrait s'inquiéter plus tard de la façon dont Felix avait réussi à transformer ses projections en choses réelles et vivantes. Un tourbillon la mit face à face avec les deux dernières créatures, qui marchaient vers elle avec leurs bras de lianes tendus, comme les zombies dans tant de films.

Et comme ces zombies, elles tombèrent aussi sous un feu rapide.

Alors que les derniers morceaux de leurs corps visqueux se déposaient au sol, Felix réapparut au centre de la pièce, un air triste sur le visage : — Ce n'étaient de loin pas les meilleurs d'entre nous. Les premières versions n'ont pas très bien tourné, mais je crois qu'elles comprenaient quand même.

Aurora tira sur Felix. Le tir, cependant, traversa le corps de la créature moussue sans rien affecter et explosa dans l'installation informatique dans le coin éloigné, envoyant une cascade d'étincelles, déclenchant un petit incendie, et rallumant les lumières de la pièce. L'illumination transforma Felix en une version pâle et vaporeuse de lui-même, qui regarda directement Aurora alors qu'elle confirmait, d'un rapide coup d'œil, qu'aucune autre mauvaise surprise ne l'attendait.

— Tu t'en es mieux sortie que ton ami, dit Felix. Comme je l'ai dit, j'ai une offre pour toi.

— Et j'ai déjà une mission.

Aurora tira quatre coups rapides, chaque tir frappant l'un des projecteurs et faisant disparaître l'image de Felix.

Peut-être pas la meilleure utilisation de la charge de son fusil, mais elle avait d'autres batteries avec elle.

Felix avait peut-être l'un des membres de Sever, peut-être pas, mais Aurora savait une chose avec certitude, alors qu'elle contemplait la porte la scellant dans la pièce, Felix ne les garderait pas. Pas après avoir essayé de la tuer.

Elle avait déjà une mission : trouver Felix, et le réduire en cendres.

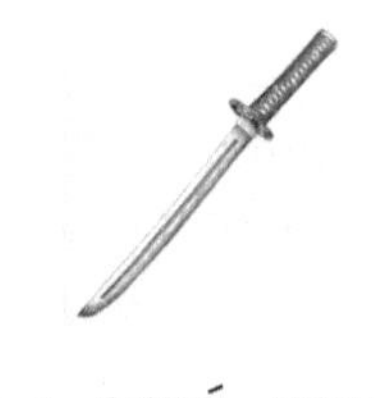

22

LA CITÉ NOIRE

Les aéroglisseurs restaient le moyen de transport le moins cher sur les mondes civilisés. Ils n'offraient que peu de commodités, aucune protection contre les éléments ou les dangers plus sérieux, et avaient tendance à tomber en panne aux moments les plus inopportuns, s'écrasant dans les rues des villes et forçant leurs passagers à plonger par les fenêtres proches pour éviter de finir en bouillie sanglante.

Sai en avait eu son compte des aéroglisseurs — ce crash sur Sirus Neuf avait été la dernière fois qu'il avait mis les pieds dans l'une de ces épaves — mais le voilà, flottant à travers un miasme jaune vers une destination inconnue à bord d'un autre.

Sirus Neuf avait été une mission difficile, une planète semi-urbaine ravagée par des soulèvements contre des dirigeants corrompus qui en savaient assez pour obtenir une extraction de DefenseCorp quand les choses avaient pris une tournure brusque vers l'insoutenable.

Sai et l'Escouade Sever étaient dans les aéroglisseurs en direction du point d'extraction lorsque la panne s'était produite. Tout le long du trajet, Sai avait discuté avec Gregor pour savoir qui avait raison : ces dirigeants corrompus qui avaient vendu la planète encore et encore, ou la population qui avait mis tous ces gens au pouvoir en premier lieu. Gregor était du côté du peuple, et Sai n'avait pas pu maintenir une défense très longtemps : en tant que père, il était terriblement difficile de plaider en faveur de vipères qui aspiraient les ressources de leur planète pour leurs propres machinations interstellaires, même si Sai avait vu les dévastations que des soulèvements comme celui de Sirus Neuf pouvaient causer.

Cela dit, l'évasion avait fonctionné. DefenseCorp les avait tous extraits et avait envoyé les dirigeants vers leurs nouveaux vaisseaux rutilants, prêts à croiser dans les nébuleuses pendant quelques siècles avant de trouver un nouvel endroit à empoisonner.

Ne serait-ce pas drôle si ces mêmes dirigeants finissaient ici, suppliant pour une nouvelle extraction ?

— Hé, tu m'écoutes ? L'appel d'Eponi perça la rêverie de Sai. J'essaie de te dire qu'on s'approche de quelque chose de gros.

— Je croyais que l'aéroglisseur t'avait bloqué l'accès ?

Sai se retourna vers le poste de pilotage de l'aéroglisseur. Il ne pouvait pas voir Eponi à l'intérieur, penchée sur les moniteurs. Il ne pouvait pas voir grand-chose non plus à l'extérieur. Juste de la brume. Partout.

— Il suit une route factice, il n'essaie pas de nous tuer. Eponi émit un son joyeux qui indiquait qu'elle avait trouvé quelque chose. C'est encore plus grand. Énorme. Genre, une ville.

— Une ville dans tout ça ?

Sai avait vu pire comme endroits — Artek, avec plus de lave que Sai n'en avait jamais eu besoin de voir, obligeait ses habitants à porter des combinaisons thermiques en permanence pour éviter de fondre — mais l'idée de s'installer sur Dynas et de passer chaque jour à regarder ce truc serait proche du pire. Il aurait besoin de beaucoup d'argent pour que ça en vaille la peine. *Beaucoup* d'argent. Comme—

L'aéroglisseur continuait d'avancer, mais la brume s'arrêta. La masse vert-jaune s'aplatit et s'éloigna de Sai alors que l'aéroglisseur passait à travers une barrière qui fit picorer la peau de Sai. Son armure afficha une notification indiquant qu'il avait franchi un seuil électrifié. Une lumière blanche et dure brillait d'un ciel soudainement dégagé, frappant Sai et le forçant à activer sa visière teintée pour éviter d'être aveuglé.

La vraie merveille se trouvait en dessous, s'étendant derrière ce qui ressemblait à un grand mur maritime. Le sommet du mur brillait d'un jaune néon, révélant à Sai la vraie nature de la barrière.

Sai ne se considérait pas comme un expert en nanobots, mais les micro-machines s'étaient tellement répandues dans la galaxie qu'il suffisait de prêter attention pour en connaître les possibilités. Ces petites bêtes pouvaient être fabriquées par billions à bas coût et programmées avec presque n'importe quel protocole, comme empêcher tout air contaminé par la brume jaune de traverser leur bouclier. Des humains comme Sai et des objets comme l'aéroglisseur ne seraient pas concernés par le champ d'action des nanobots, et les minuscules machines s'écarteraient pour les laisser passer. La barrière ne serait pas parfaite, mais avec une densité suffisante de nanobots, on pouvait obtenir un mécanisme de prévention assez efficace.

Et un mécanisme qui pourrait être modifié pour cibler à peu près n'importe quelle menace, comme une escouade ennemie.

— Tu as déjà entendu parler de cet endroit ? dit Eponi, le rejoignant près de l'avant de l'aéroglisseur.

— Apparemment, j'aurais dû, répondit Sai. C'est énorme.

— Je l'ai déjà dit.

— Je pensais que ça méritait d'être répété.

La ville elle-même n'avait pas la splendeur partagée entre les planètes phares de la galaxie, même si elle semblait en avoir la taille. Peu de grands bâtiments s'élevaient d'un paysage couvert de maisons trapues, presque toutes avec des toits couverts de cultures. Des efforts d'autosuffisance donc, qui, étant donné l'apparente médiocrité de Dynas et l'absence de trafic interstellaire, seraient nécessaires pour maintenir les gens en vie et en bonne santé.

Le trafic normal, en revanche, semblait sain. D'autres aéroglisseurs et petits transports voltigeaient dans les cieux, et en dessous de lui, Sai pouvait voir des voitures de transport en commun transportant des civils. Une vraie ville.

— À ton avis, à quoi ça sert ? dit Eponi alors que l'aéroglisseur continuait son voyage vers l'intérieur. Qu'est-ce qu'on pourrait bien faire ici ?

— Aucune idée. Une réponse honnête. Sans le commerce intergalactique, il ne semblait pas y avoir d'idée évidente. À moins que Dynas n'ait un important contingent natif, ou des colons qui ne voulaient rien avoir à faire avec le reste de la galaxie. Peut-être une sorte de secte anti-establishment ?

— Avec des avant-postes couverts de tourelles et un tas de gardes ?

— Tu me demandes de deviner, mais tu sais quoi ? Sai pointa du doigt la ville en contrebas. J'ai vérifié les coordonnées. Le signal qu'on cherche vient de là-bas.

— Je ne saute pas, si c'est ce à quoi tu penses.

Sai scruta par-dessus bord et laissa son viseur calculer la distance entre l'aéroglisseur et la surface. Environ un demi-kilomètre. Trop loin en armure, et Eponi n'en avait même pas. Ce ne serait pas un assaut aérien, et vu le nombre de gardes au poste avancé, Sai n'était pas enchanté à l'idée d'une attaque à deux contre la ville.

— Je pense qu'il vaudrait mieux ramener cet aéroglisseur et récupérer les autres, répondit Sai. Maintenant qu'on sait où on va...

— Si tu as des idées pour faire obéir cet aéroglisseur, tu peux essayer.

Sai grimaça, mais Eponi avait raison. Il n'était pas un pirate informatique, mais Sai pourrait peut-être contourner les ordinateurs de l'aéroglisseur et en faire un simple engin volant. Pas exactement la manœuvre la plus intelligente, mais si la seule autre option était de laisser l'aéroglisseur les emmener où il voulait... Sai devait tenter le coup.

— Préviens-moi si je dois sortir la tête des câbles, dit Sai en retournant lourdement vers la cabine de pilotage.

— Oh, je hurlerai très fort.

À l'intérieur, Sai regarda les trois écrans montrant les données vitales de l'aéroglisseur et sa route prévue. Sous les écrans se trouvait le boîtier métallique qui devait contenir le vrai matériel. Des vis faciles d'accès prouvaient que Dynas avait au moins adopté certaines normes galactiques — rendre les systèmes critiques difficiles d'accès augmentait les risques d'accident, et les nouvelles configurations comme celle-ci facilitaient grandement le travail de Sai. Quelques manipulations rapides avec le multi-outil firent sauter le panneau et révélèrent un nid de câbles à l'intérieur. Les fils eux-mêmes étaient recouverts de diverses couleurs, offrant à Sai tout un arc-en-ciel avec lequel travailler.

Sai devait couper l'alimentation du câble allant de l'ordinateur du pilote au système central de l'aéroglisseur. En le coupant, l'aéroglisseur entrerait, avec un peu de chance, en mode panique. Cela permettrait à Sai ou Eponi de prendre les commandes manuelles et d'utiliser le manche pour ramener l'aéroglisseur vers Sever et la petite base. Couper le mauvais câble, et Sai pourrait les laisser sans énergie, ou envoyer l'aéroglisseur en piqué.

Pas de pression.

Il passa le multi-outil en mode microlaser, alluma la lumière de son casque et regarda de plus près. Pas d'indicateurs clairs, mais Sai pouvait avoir une idée grâce à l'épaisseur des fils et à la quantité de données qu'ils devaient transmettre. Un candidat probable se détachait au milieu, de couleur violet foncé. Il leva le multi-outil.

— Tu es prête à courir ici si ça marche ? demanda Sai, devant crier dans l'espoir qu'Eponi l'entende.

— Je suis juste à côté de toi. Eponi se pencha et posa sa main sur l'épaule de Sai. Tu te perds vraiment dans ce genre de trucs.

— Si je ne le fais pas, je suis mort, répondit Sai. Tiens-toi prête.

Il activa le laser, coupa le fil, ce qui provoqua des étincelles, mais n'envoya pas l'aéroglisseur en piqué. Sai expira lentement. Attendit. Pas d'alarmes, pas de bips.

— Tu peux prendre le contrôle ? demanda Sai.

— Il ne bouge pas.

L'aéroglisseur, cependant, avait d'autres idées. Avant que Sai ne puisse se retirer des fils et essayer de comprendre ce qu'il avait réellement coupé, l'aéroglisseur vira brusquement à droite, cognant le casque de Sai contre l'alcôve de maintenance. Eponi poussa un cri, et Sai sentit une traction autour de sa taille alors qu'elle agrippait son armure. L'aéroglisseur se stabilisa, revenant à l'horizontale, et Sai sortit pour essayer de comprendre ce qu'il avait fait. Les écrans, cependant, étaient vides. Complètement noirs, et pourtant l'aéroglisseur avait changé de direction sans passer en contrôle manuel.

— Que se passe-t-il ? demanda Sai, pas tant une question à Eponi qu'à lui-même.

— Qu'as-tu coupé ?

— Les écrans, Sai pointa du doigt les écrans noirs. Sans guidage informatique, l'aéroglisseur devrait nous donner le contrôle manuel.

— Sauf s'il est asservi.

— Quoi ?

Eponi quitta la cabine de pilotage, retourna sur le pont et Sai la suivit. Ils étaient toujours au-dessus de la ville, mais ils avaient changé de direction, se dirigeant vers la périphérie et une structure gigantesque qui s'y trouvait, des tours noires en forme de lance perçant le ciel. De loin le plus grand bâtiment que Sai ait vu ici, et le seul avec un design qui évoquait autre chose qu'une laide efficacité, les tours glacèrent son humeur. L'appel de détresse ne venait pas de là, mais Sai ne doutait pas que ce qui les attendait serait pire.

— Asservi signifie que quand il est blessé, dit Eponi, l'aéroglisseur rentre à la maison.

23

UNE IDÉE LUMINEUSE

En matière de lit, un sol métallique et une armure, c'était de la merde. Gregor avait déjà dormi sur de la roche — travailler sur une comète l'y obligeait — et on pouvait verrouiller l'armure en position debout pour avoir une chance de piquer un somme en attendant le début d'une mission, mais s'allonger vraiment ? Son dos lui jouait une symphonie douloureuse pour ses choix, même si sa visière lui indiquait qu'il n'avait dormi que quelques minutes.

Les créatures de Felix s'agglutinaient sur lui, ombres tordues noires et violettes dans la lumière écarlate de la pièce. Gregor rassembla ses sens un à un, secouant les effets secondaires du choc et revenant à la conscience. Avec des décisions à prendre.

L'armure de Gregor affichait un avertissement après l'autre sur la visière, indiquant que divers composants étaient, à différents degrés, en danger de se détacher ou de se désintégrer sous l'assaut continu des créatures visqueuses. Un assaut, réalisa Gregor, consistant en une digestion lente et une recombinaison moléculaire. Pas exactement une phrase qui venait facilement à l'esprit, mais c'est ce que la visière lui disait.

— Simplifie, chuchota Gregor, un acte peu naturel pour lui, mais nécessaire étant donné les circonstances.

La visière capta la commande et modifia l'affichage pour montrer l'armure de Gregor en superposition, avec des zones orange représentant les endroits que l'essaim de Felix avait décidé d'attaquer. Une chronologie apparut sous l'armure, et deux flèches indiquaient la tentative de la visière de se projeter dans le futur. Le temps passa et l'orange s'étendit, dévorant l'armure de Gregor et la transformant en plus d'orange jusqu'à ce qu'il ne reste plus rien.

Assez clair.

— Marteau ? essaya Gregor, et le casque traça la connexion entre l'armure et son arme choisie.

Sur le sol, non loin des pieds de Gregor, le marteau envoya son propre rapport de statut : en bonne santé. Attendant d'être ramassé. De détruire.

Gregor pouvait faciliter cela.

Alors que les monstres planaient au-dessus de lui, laissant tomber la boue dissolvante sur le visage de Gregor, sa poitrine et partout ailleurs, l'exécuteur de l'Escouade Sever fléchit simultanément ses bras et ses jambes, un mouvement musculaire combiné conçu pour déclencher une réponse particulière : des chocs électriques jaillirent de minuscules nodes à travers l'armure, puisant dans l'énergie qui aurait pu être utilisée pour le fusil de Gregor. Suffisamment d'énergie pour déclencher de petits incendies, pour faire fondre la peau. Les arcs bleu-blanc remontèrent le long de la boue et enveloppèrent les créatures dans des poches de feu.

Gregor saisit l'ouverture et s'assit, son esprit tournoyant du changement pendant une seconde brûlante avant que l'adrénaline ne surmonte la nausée et lui permette de se mettre debout. Felix, rendu scintillant par les projecteurs, lui faisait face. Le mi-humain, mi-champignon semblait amusé par la tentative de Gregor de se libérer, et bien que Gregor aurait souhaité pouvoir prendre ses gantelets et écraser Felix entre ses paumes blindées, la raison lui dictait de traverser l'image et de ramasser son marteau.

— Ça ne finira que de la même façon qu'avant, dit Felix tandis que Gregor soulevait l'arme. Nous sommes trop nombreux. Tant d'expériences ratées à la recherche de nouvelles possibilités.

— La ferme. Gregor regarda le plafond, basculant sa visière en infrarouge alors que les créatures visqueuses s'approchaient de lui.

En ramassant le marteau, Gregor remarqua que les créatures étaient partout dans la pièce. Que Felix ait ouvert la porte et laissé entrer plus de ces choses, ou qu'elles aient d'autres moyens d'accéder à l'espace, leur nombre avait tellement augmenté que la pièce semblait être une masse noire grouillante. Dégoûtant, et quelque chose que Gregor aurait pris plaisir à écraser, sauf qu'il avait déjà vu ce que combattre ces choses signifierait : elles tomberaient d'en haut, frapperaient d'en bas et l'éclabousseraient de partout avec des abats jusqu'à ce que Gregor ne puisse plus bouger, ne puisse plus respirer. Donner de glorieux coups de marteau ne valait pas ce risque.

Alors que les monstres tendaient leurs vrilles fongiques vers ses jambes, qu'ils caressaient son dos et gouttaient sur sa tête, Gregor regarda le plafond et vit, derrière l'intérieur violet-orange clair des créatures, l'épaisse barre rouge-blanc montrant l'évacuation de chaleur de la base. Une parmi plusieurs, probablement, nécessaires pour maintenir la base à une température optimale malgré tout l'équipement qui brûlait ici-bas, créant ces choses, gardant l'énergie en marche pour les gardes au-dessus. L'astéroïde où Gregor avait grandi en avait plein, juste pour empêcher que les choses à l'intérieur de la roche ne deviennent trop chaudes.

— Que regardes-tu ? demanda Felix.

Gregor ne dit rien, il tira simplement son bras en arrière et lança le marteau droit vers le plafond. La boue noire s'enroula autour de son cou, ses genoux, ses bras alors qu'ils terminaient le mouvement. Les monstres silencieux se rapprochaient. Pour le moment.

Le marteau traversa la boue et s'écrasa contre le plafond, libérant sa charge d'énergie compactée dans une explosion qui se propagea le long des tuiles, les fendant et faisant pleuvoir de la boue parmi les créatures. De la boue suivie d'une vague de chaleur, libérée et s'enflammant en un feu éclatant au contact des corps fongiques mous et très inflammables des créatures. Ce qui avait été une pièce sombre tachée de rouge devint un enfer.

Gregor s'agenouilla au milieu, laissant son armure fermer ses boucliers thermiques pour le protéger, une pierre au cœur de la tempête de feu.

La toute première affectation de DefenseCorp avait coincé Gregor sur un caillou brûlé par le soleil, surnommé à juste titre Rôti, dans un système lointain où il avait été chargé de surveiller une cité minière dont la population, sous la lourde emprise de sa société dirigeante et pourvoyeuse, existait pour sonder les profondeurs de la planète et en extraire de rares joyaux créés par la combinaison de la chaleur de surface et de la pression souterraine.

Gregor trouvait que la surface de Roast ressemblait plus à du verre qu'à du sable, et ils avaient tous porté des combinaisons dissipant la chaleur pour survivre. Pour maintenir la ville habitable, dont le dôme était recouvert de panneaux solaires noirs fournissant de l'énergie et simulant, à travers des écrans, le passage d'une journée plus normale, il fallait évacuer toute cette chaleur par d'énormes bouches d'aération. Les ouvertures tournaient autour du dôme, de petites fentes apparaissant dans le ciel parfaitement simulé.

D'immenses ventilateurs servaient à pousser l'air froid vers le bas et l'air chaud vers ces bouches d'aération, et Gregor observait les pales tournoyer sur les toits depuis son poste dans le centre de la ville, leurs flux ondulés montrant l'ascension régulière de la chaleur. Ils servaient aussi de balise pour quiconque cherchait à envoyer un message à la ville, ou à la quitter dans un désespoir enflammé. Sauter dans l'un de ces flux et, combinaison ou pas, on fondait en quelques instants. Le contrat de Gregor disait de protéger la ville. Il ne disait pas d'empêcher ses habitants de se faire du mal.

Ainsi, pendant ces nuits simulées, ils guettaient l'occasionnel éclat orangé signalant un mineur de plus qui abandonnait.

Gregor avait saisi la première occasion de laisser ce contrat derrière lui, mais il n'oublierait jamais ces flammes. Pour ce que ça valait, Gregor pouvait les remercier maintenant pour l'idée qui lui avait sauvé la vie.

— Encore une surprise, dit Felix tandis que les flammes s'éteignaient, la base compensant pour la bouche d'aération brisée et redirigeant ses énergies ailleurs. Je continue de vous sous-estimer, vous et votre ami.

— Mon ami ? dit Gregor, le filtre de son casque laissant entrer l'air et son odeur de brûlé.

Les créatures visqueuses n'existaient plus que sous forme de flaques calcinées à travers la pièce. Des morceaux noirs pendaient du plafond, incrustés sur place. D'autres, leurs bras fongiques ressemblant à des bougies, se repliaient sur eux-mêmes tandis que leur intérieur se consumait. Un spectacle déjà laid devenu encore pire.

Mais Gregor était vivant.

— Oui. Elle a réagi à peu près comme vous quand je l'ai confrontée, dit Felix en se tournant lentement pour observer toute la scène. Elle ne voulait pas m'aider, mais heureusement, elle l'a fait. Tout comme vous.

— Aidé ? Gregor ramassa son marteau, gardant ses yeux en mouvement.

Quels autres tours cette chose avait-elle dans son sac ?

— Oh oui. Déblayé mon chemin, pour ainsi dire. Felix fit un geste vers la large porte, et à son mouvement, la chose couverte de suie se souleva en cliquetant et s'ouvrit. Je pense que vous en avez fini ici. Je vous en prie, prenez le tram et partez.

— Je ne prends pas d'ordres de vous.

— Alors considérez cela comme une suggestion. Felix haussa les épaules. Partez et vivez, restez et mourez. Cela m'est égal.

24

DÉCISION PARTAGÉE

Perdre le contrôle de son véhicule figurait en bonne place sur la liste des choses qui faisaient paniquer Eponi. L'expérience de pilotage idéale, les mains sur les commandes, donnait à Eponi l'impression que le véhicule ne faisait qu'un avec elle, comme un membre supplémentaire ou, plus précisément, une extension de son esprit. Il suffisait qu'elle pense à quelque chose pour que le véhicule l'exécute presque instantanément. Sa brève carrière de pilote de course s'était construite sur ce fait, avait prospéré grâce à sa capacité à tailler dans les lignes de crête sinueuses des mondes glacés et rocheux, à plonger sous les débris de ses adversaires ou à les traverser en boucle lorsqu'ils échouaient à faire de même.

Et puis elle avait fait cette chose stupide.

Non. Elle ne retomberait pas dans ce trou de mémoire, même si les parallèles étaient inévitables alors qu'Eponi essayait de tirer sur le manche de l'aéroglisseur, tentant de le diriger n'importe où sauf vers cette tour sombre. Eponi ne savait pas vraiment comment l'appeler, mais elle savait qu'un circuit asservi les conduirait vers un endroit avec beaucoup plus de gardes. Beaucoup plus de gens intéressés de savoir pourquoi un aéroglisseur parti avec un équipage revenait avec deux ennemis à la place.

— Des idées ? demanda Sai en la fixant. Tu n'as toujours aucun contrôle ?

— J'essaie de faire fonctionner ça parce que ça me fait me sentir mieux, répondit Eponi. L'aéroglisseur ne me rendra jamais le contrôle. Pas à moins qu'on ne s'enfonce dans le cœur de cet engin pour arracher le circuit lui-même.

— C'est possible ?

— Bien sûr, démolissons l'engin dans lequel on vole, *pendant qu'on vole*.

— D'accord, dit Sai. Bien vu.

Le démolisseur décida que ses opinions n'apportaient pas grand-chose à l'état d'esprit d'Eponi et sortit, se dirigeant vers le pont. Peut-être voulait-il préparer un plan d'assaut. Y aller avec son épée et abattre tout le monde. Ce serait un plan amusant. DefenseCorp n'interdisait pas exactement à Sever de faire des dégâts collatéraux lors de ses missions, mais elle tenait un bilan assez clair des profits et pertes pour chaque débriefing, et si Sai s'en prenait à une tour remplie d'innocents, cela ferait probablement basculer cette colonne particulière dans le rouge.

Comme les coûts supplémentaires étaient prélevés sur la paie de Sever, cela semblait être un mauvais choix, à moins que Sever ne puisse prouver que la tour, la ville et tous ses habitants jouaient un rôle dans une conspiration perfide pour les tuer. Ce qui, si c'était vrai, signifierait qu'Eponi pourrait tout aussi bien abandonner maintenant, car Sever ne comptait que cinq membres et pas assez d'ar-tillerie pour affronter une planète entière.

Cette pensée fit germer une idée : si un combat total, ou tout combat en général, serait une mauvaise décision pour les deux membres de Sever à bord de l'aéroglisseur, alors l'alternative serait la discrétion. Vu l'approche de la tour et l'altitude décroissante de l'aéroglisseur — il semblait, comme Eponi le constata en jetant un coup d'œil par l'entrée du poste de pilotage, qu'ils se dirigeaient vers une baie d'amarrage à mi-hauteur. Sai pourrait probablement sauter avec son armure. Bien que la trajectoire de Sai serait visible pour quiconque prendrait la peine de regarder, cela pourrait détourner quelques regards d'Eponi, lui permettant de... faire quoi, exactement ? Prétendre qu'elle avait été forcée à monter dans l'aéroglisseur par l'ennemi ?

Même si ce plan ne transformait pas Sai en bouillie à l'impact, Eponi ne voulait pas compter sur ses compétences en matière de tromperie pour s'infiltrer dans le mystérieux groupe qui contrôlait cet endroit. Elle en savait trop peu pour passer pour quoi que ce soit face à un interrogatoire sommaire. La seule façon de s'en sortir en douce serait avec une distraction massive, quelque chose qui pourrait lui permettre d'échapper à l'emprise de ceux qu'ils allaient rencontrer avec un minimum de capture et un maximum de chaos.

— Aéroglisseur, je sais que notre temps ensemble a été bref, mais je pense que je vais devoir te faire exploser, dit Eponi aux moniteurs éteints. Il n'y eut aucune réponse. Sai ! Reviens ici !

Avec de lourds pas à peine couverts par le ronronnement adouci des réacteurs de l'aéroglisseur, qui n'avaient plus pour tâche de maintenir l'engin haut dans le ciel, Sai revint, l'air aussi confus que jamais dans son armure.

— Tu as une idée ?

— Oui, dit Eponi en pointant les moniteurs du doigt. Quel genre d'arsenal as-tu ?

— Il me reste trois mines. Quelques explosifs plus gros. Sai jeta un coup d'œil aux moniteurs. Je croyais que tu étais contre l'idée de détruire le vaisseau dans lequel on vole ?

— Écoute-moi, dit Eponi. Mets un de tes gros pétards vers l'avant. Tout à l'avant. On le fait exploser quand l'aéroglisseur entre, on se met à l'abri dans le poste de pilotage. Ça explose, tout le monde panique, et ensuite on s'enfuit.

— Tu n'as pas d'armure.

Eponi se regarda, puis leva les yeux vers Sai. — Quand est-ce que tu m'as regardée pour la dernière fois ?

— Maintenant ?

— Qu'est-ce que tu vois ?

— Euh, une personne ?

— Une toute petite personne. Tu m'enveloppes comme une boule, et c'est dans la poche. Eponi s'était déjà glissée dans des cockpits plus petits, c'était certain. L'aéroglisseur explose, on s'échappe.

Sai plaqua ses mains blindées sur le haut de sa tête, comme une danseuse de ballet mécanisée. Un geste que Sai faisait de temps en temps quand il réfléchissait sérieusement à une idée. Au moins, la suggestion d'Eponi méritait cela.

— Tu vas mourir, conclut Sai.

— Ça dépend de toi. Mais on n'a plus le temps, et si tu ne poses pas cette bombe, on va sûrement mourir tous les deux. Tu peux peut-être y aller mollo sur les explosifs ?

Sai se retourna vers le pont du skiff, jeta un coup d'œil par la timonerie pendant un moment, puis sortit en faisant claquer ses bottes. — Ce n'est pas ma faute si ça ne se passe pas comme tu veux.

— Si ça ne se passe pas bien, lui lança Eponi, je ne serai plus là pour m'en soucier.

Elle détestait qu'on lui tire dessus. Elle détestait être en première ligne. Pourtant, ici, alors qu'elle s'apprêtait à faire s'autodétruire leur skiff tandis que les lumières vertes d'accueil de la tour commençaient à les balayer, Eponi se sentait euphorique. Comme si elle était de retour dans l'une de ses courses, où chaque seconde se situait à la frontière entre la vie et une mort instantanée et explosive. Se faire tirer dessus était terrifiant, mais réussir un mouvement audacieux comme celui-ci ? Eh bien, ce n'était pas différent que de feinter Wezzak Cav pour prendre la première place dans la Classique Erunienne.

Pour feinter, cependant, Eponi avait besoin de voir, alors elle quitta la timonerie au moment où le skiff commençait à entrer dans l'immense baie d'amarrage. De près, la tour se révéla être moins le produit de fantasmes médiévaux sinistres qu'une construction techno comme la plupart des bâtiments qu'elle surplombait ; sa couleur sombre provenait des panneaux solaires absorbant l'énergie de la lumière blanche des étoiles qui s'abattait d'en haut. Inutiles sans les nanobots dissipant la brume, mais avec eux, Eponi pensait que l'ensemble de l'endroit s'en sortait probablement très bien. Non pas qu'elle connaisse quoi que ce soit à l'énergie solaire, mais vu le nombre de lumières qui jaillissaient de petites alcôves pour se concentrer sur eux, y compris plus que quelques tourelles de suivi, la tour avait de l'énergie à revendre.

Des fenêtres de verre droit striaient la tour, s'intercalant entre les panneaux solaires, et Eponi pouvait voir des formes bouger de l'autre côté. Ce n'était pas génial qu'elle et Sai, qui s'était accroupi à la proue du skiff pour poser la bombe, aient si peu de couverture. Elle recula furtivement, se glissa contre le mur intérieur de la timonerie et scruta l'extérieur. Une légère protection contre les regards errants, mais c'était mieux que rien. La tour semblait peuplée, bien qu'Eponi n'eût aucune idée de l'heure qu'il était par rapport au cycle jour-nuit de Dynas, des horaires de travail sur la planète, ou même si les gens qu'elle voyait étaient des travailleurs ou quelque chose de plus. Ou de moins. Tout un dossier que DefenseCorp aurait fourni si, eh bien, ils avaient su que cet endroit existait.

— Tu as presque fini ? lança Eponi. Parce qu'on est presque à court de temps !

— Ce sera prêt, cria Sai en retour. Tiens-toi prête !

La baie d'amarrage les avala comme une bouche vert néon, les lumières bordant les bords de la baie servant de guides aux pilotes qui pouvaient réellement contrôler leurs skiffs. Eponi les regarda glisser au-dessus d'eux — leur skiff voyageait maintenant à une allure posée de marche pour l'atterrissage — et vit le plafond de la baie, recouvert de tubes, de crochets et de roues robotiques, de grues et de toutes sortes d'outils de maintenance qu'Eponi se serait attendue à trouver dans la baie qu'un skiff endommagé choisirait. Si quelque chose, cela jouerait en leur faveur ; peut-être que ceux qui dirigeaient cet endroit n'enverraient pas leurs défenses pour accueillir un engin en panne.

Sai se précipita vers elle, projetant sa masse en arrière et les pressant dans la timonerie. — Ils ont une escouade en bas, au moins, dit Sai. Je suis presque sûr qu'ils m'ont vu aussi.

— Tu fais sauter notre couverture avant même qu'on commence ?

— Je n'ai encore rien fait sauter. Sai s'assit sur le sol, ses jambes se pliant aux genoux comme s'il prenait juste une pause rapide. Dans l'armure, cela avait l'air ridicule. — Serre-toi ici et je ferai ce que je peux. Nous n'avons que quelques secondes.

Le skiff ralentit encore plus, et Eponi sentit les jets d'atterrissage du skiff prendre le relais alors qu'elle glissait contre la poitrine de Sai. Elle ramena ses jambes, serra son pistolet fermement dans ses bras et baissa son menton contre sa poitrine. Sai l'entoura de ses bras, ramena ses jambes autour des siennes du mieux qu'il put, et posa sa tête sur le dessus de la sienne. Pas une couverture parfaite, mais presque. Le mieux qu'ils pouvaient espérer.

— Ne me laisse pas mourir ici, dit doucement Eponi.

— Ce n'est pas prévu.

— Personne ne le prévoit jamais.

Il n'y eut aucun indice. Aucun moment pour se préparer. En une seconde, le skiff existait, entier et légèrement endommagé, effectuant un atterrissage devant une escouade d'inspection méfiante mais pas trop excitée. La seconde suivante, des détonations concussives séparèrent le tiers avant du skiff du reste, éclatant la proue en mille lances de métal qui se répandirent à travers la baie, perçant murs, personnes et tout le reste avec une létalité propulsive. Eponi ne pouvait rien voir de tout cela, elle ne pouvait rien entendre non plus car l'explosion avait transformé son ouïe en un écho bourdonnant. Eponi sentit la poupe du skiff tournoyer, ses jets tentant de compenser la perte soudaine de masse et les dégâts cataclysmiques sur le corps du skiff. Plutôt que de se projeter hors de la baie d'amarrage — une peur momentanée — le skiff pivota avant de s'écraser en glissant contre l'un des longs murs latéraux de la baie, fracassant l'équipement et le mur lui-même.

Quelque part pendant ce crash déchirant, toute la timonerie s'arracha et s'envola dans une pluie d'étincelles, le son du métal déchiré transperçant l'ouïe meurtrie d'Eponi. Sai resta verrouillé autour d'elle, empêchant la pluie de shrapnels de la transpercer, de la tuer. Eponi pardonna Sai, en cet instant, pour chaque erreur qu'il avait jamais commise. Pour son obsession pour cette épée. Pour tout et n'importe quoi.

Elle voulait juste vivre.

25

L'ÉQUILIBRE ENTRE VIE PROFESSIONNELLE ET VIE PRIVÉE

Il venait d'une famille de gratte-papier. L'expression persistait — le père de Rovo l'employait généreusement, avec fierté — bien que le papier n'ait plus guère d'utilité dans le monde moderne. L'hymne familial reposait sur des horaires fiables et sans stress. Un revenu prévisible et un équilibre entre vie professionnelle et vie privée si parfait qu'une existence satisfaite semblait aller de soi. Rovo, suivant ce modèle prescrit par ses ancêtres, aurait lui-même une famille, du temps pour ses loisirs, et une vie tranquille et vertueuse passée à faire circuler des données d'un coin de la galaxie à l'autre.

— Tu penses peut-être que c'est ennuyeux, lui avait dit son père après avoir écrasé un Rovo de dix-sept ans dans une autre partie d'échecs 4D. Mais il y a quelque chose à dire sur la stabilité. Je suis là, non ? Combien d'autres familles peuvent en dire autant ?

Rovo ne le pouvait plus. Il avait rejeté le joug de la familiarité pour l'excitation. Ses parents s'y étaient opposés, mais DefenseCorp s'en moquait. Ils voulaient des corps en première ligne, récoltant des tarifs plus élevés sur des planètes dangereuses. Les traductions et autres travaux de bureau pouvaient être gérés, sinon par des machines, du moins par d'autres recrues plus fraîches issues d'abondantes espèces sensibles sans désir de manier des fusils. Rovo avait fait le grand saut et n'avait pas revu sa famille depuis. Il ne les reverrait peut-être jamais s'il ne parvenait pas à sortir de ce bureau, de cette planète.

Les moniteurs affichaient toujours les mots, appelant Rovo « nourriture », bien que pour quoi, Rovo l'ignorait. Probablement pour la couleur qui avait dévoré tout le reste dans ce jeu étrange, mais aucune tache rouge ne se présentait. Au lieu de cela, Rovo observait la porte et considérait ses options. Foncer dehors et parier que d'autres membres de l'Escouade Sever avaient attiré les gardes ailleurs ? Rester ici et se cacher, en espérant que la crise se résoudrait d'elle-même ? Réessayer avec les ordinateurs — peut-être que les mots venaient d'un programme et, connaissant les règles du jeu, Rovo pourrait gagner cette fois.

Non. Il avait rejoint l'Escouade Sever pour faire partie de l'action, pas pour la fuir.

Toujours dans son armure volumineuse et brûlée au laser, Rovo se leva et se dirigea vers la porte du bureau. À l'extérieur, derrière les petites fenêtres, des lumières écarlates flamboyaient dans les couloirs. Les alarmes continuaient de hurler, confirmant soit la persistance de l'urgence, soit la possibilité qu'il ne restait personne pour éteindre ce bruit horrible. Peu importe ; comme inconvénients, Rovo pouvait gérer un peu de bruit.

Il appuya du doigt sur l'interrupteur et la porte obéit, s'ouvrant en glissant et donnant à Rovo accès à l'extérieur. Son fusil d'assaut dans les mains, Rovo jeta un coup d'œil à droite, en direction de la centrale électrique, et se retrouva face à l'extrémité dangereuse d'une autre arme. Un garde se tenait là, le fixant.

— Le central nous a dit qu'on avait un problème par ici, dit le garde, sa voix jeune, sa combinaison noire fraîche et propre. On dirait qu'ils avaient raison.

— Tu vas reculer dans ce bureau très lentement, dit une autre voix, derrière Rovo. Celle-ci était celle d'une femme, plus âgée. Des ennemis respectueux de l'égalité des chances. Pose ce fusil juste ici, ou on te brûle. À cette distance, je ne pense pas que ton armure soit très efficace.

Rovo n'en était pas si sûr. DefenseCorp avait tendance à équiper ses unités d'élite du meilleur matériel possible — former des soldats qualifiés coûtait plus cher que d'acheter de l'équipement spécialisé — et une partie de lui voulait ignorer les ordres, abattre les gardes et tenter sa chance. Mais bon, la discrétion et la vaillance et tout ça. Mieux valait attirer les deux gardes dans ce petit bureau que d'en laisser un prêt à le brûler dans le dos.

— Je rentre, dit Rovo, déposant le fusil à ses pieds blindés et reculant dans le bureau. Comment vous m'avez surpris tous les deux ? Je ne vous ai pas vus à travers les fenêtres.

Les deux gardes, implacables dans leurs combinaisons noires intégrales, ne dirent rien en suivant Rovo dans le bureau, fermant la porte derrière eux. Aucun ne ramassa le fusil de Rovo ; dommage, car l'arme était liée à la signature de la combinaison de Rovo. Quiconque essaierait de l'utiliser ne trouverait qu'une matraque coûteuse. Au lieu de cela, ils gardèrent leurs petits pistolets à une main pointés droit sur le visage de Rovo.

— Tu avais la tête baissée, fixant les écrans, dit le

premier garde. Tu as un équipement qui dit que tu es bien financé. Par qui ?

— Pas votre problème. Rovo puisa dans la bravade des films qu'il avait vus. S'y accrocha et attendit une opportunité. Je veux savoir...

— Tu n'es pas en position de poser des questions. Le même garde approcha son cracheur plus près du visage de Rovo, comme si le canon noir allait le faire parler. Ce qui pourrait être le cas. Les lasers étaient des choses effrayantes. Qui t'a envoyé, et combien êtes-vous ?

— Il n'y a que moi, bébé, répondit Rovo.

— Il va bientôt n'y avoir plus personne, dit le second garde.

Une explosion grondante ponctua ses paroles, la base tremblant et faisant perdre leur visée aux deux gardes. Rovo, ses pieds plus lourds gardant l'équilibre, plongea en avant, étendant ses bras dans un large plaquage. Rovo percuta les deux gardes et les entraîna au sol tandis que le grondement s'estompait, de nouveaux sons s'ajoutant aux alarmes. Lorsqu'ils heurtèrent le sol, Rovo n'avait aucune stratégie. Aucune technique. Il frappait simplement avec ses coudes, ses poings et ses genoux contre les gardes qui se débattaient. Tous deux semblaient chercher leur souffle après le plaquage initial, ce qui rendait leurs efforts d'évasion faibles, sans conviction. Rovo ne pouvait pas dire à quel point ses coups étaient efficaces à travers les combinaisons, mais finalement les gardes cessèrent de bouger. Rovo leur asséna encore une paire de coups de poing pour confirmer que les deux étaient hors combat, puis il leur déroba leurs pistolets et les brisa.

Les films disaient qu'un moment comme celui-ci arriverait, et c'était le cas. Rovo rit, de ce rire euphorique qui accompagne une victoire inattendue. Ses anciens collègues avaient accueilli la décision de Rovo de rejoindre la branche active de DefenseCorp avec le scepticisme réservé aux vrais fous. Ses parents avaient réagi de la même manière, lui disant qu'il n'était pas fait pour ce genre de choses, qu'aucun d'entre eux ne l'était. L'excitation devait être réservée aux nombreux mondes virtuels, pas vécue dans la vraie vie. Maintenant, il se tenait victorieux. Un Sever.

— La stabilité peut aller se faire voir, marmonna Rovo.

Dans le couloir, Rovo ramassa son fusil abandonné et fit face à ses options. Les moniteurs du bureau avaient changé d'écran avec l'explosion pour afficher un compte-rendu des diverses calamités de la base, commençant par l'intrusion de Sever jusqu'à l'événement le plus récent, la rupture d'un important conduit d'évacuation de chaleur. L'ordinateur ne disait pas ce qui avait causé les dégâts, mais Rovo sentait qu'il pouvait l'attribuer à quelque chose que ses coéquipiers avaient fait.

Des catastrophes ambulantes, tous autant qu'ils étaient. La meilleure espèce.

Deux options. Retourner vers la centrale électrique, où Sai avait fait sauter sa barricade, ou s'enfoncer plus profondément dans la base. D'autres portes de bureau accueillaient cette option, avec un virage serré dans le couloir coupant court à toute autre supposition. Pas de signalisation non plus. Pourtant, les gardes étaient probablement venus avec l'escouade qui s'était précipitée par la porte d'entrée défoncée, qui menait à la centrale électrique. Ce qui signifiait que Rovo devait aller dans l'autre direction.

Comme Aurora le disait assez souvent lors de leurs réunions : cherchez l'objectif, pas le combat.

Au-delà du virage du couloir, le chemin se ramifiait en

d'autres embranchements à angle droit. Des panneaux d'avertissement apparurent. Des portes sans fenêtres avec des capteurs de badge. Une peinture blanche comme neige étiquetait les pièces avec des combinaisons de lettres et de chiffres sans sens. Un code, comme les transmissions que Rovo avait cherché à déchiffrer, sans succès. Maintenant, il avait un trio de couloirs parmi lesquels choisir, chacun éclairé d'un rouge flamboyant et menant quelque part.

Sauf que quelque chose bougeait dans le couloir central. Là-bas, à la limite de la lumière. De forme vaguement humaine, mais le contour ne correspondait pas à l'armure portée par les autres gardes. Plus court et plus massif aussi. La forme semblait le fixer, et Rovo leva son fusil.

— Ne bougez pas ! cria Rovo par-dessus les alarmes. Ou je tire !

La forme ne répondit pas. Rovo bascula sa visière en infrarouge et vit du vert, de l'orange. La chose était vivante, donc. Pas un robot.

Du bleu-noir froid s'accumulait autour de la masse ; pas d'autres êtres vivants cachés au coin non plus. La chose était seule. Rovo pouvait la laisser, s'engager dans l'un des autres couloirs et voir ce qu'il trouverait, mais il n'aimait pas l'idée de tourner le dos à quoi que ce soit. Et il aimait bien obtenir des informations. Cette chose pourrait savoir où le reste de Sever était allé, ou au moins quel était le but de cet endroit.

Rovo avança lentement. Marchant avec son fusil d'assaut prêt, la vision revenue à la normale pour qu'il puisse voir le corps de la chose droit devant. Il pouvait voir quand ce qu'il pensait être des vêtements s'avéra être d'étranges bosses à la place, pouvait voir une paire d'yeux bleu vif ombragés non pas par des cheveux mais, au contraire, par quelque chose de complètement plus solide. Épais. Qu'était cette chose ? Rovo fit analyser l'air par sa combinaison, projetant une analyse sur la visière au fur et à mesure qu'il avançait. Aucune anomalie — la base recyclait son air, et à part les particules habituelles des êtres vivants, rien ne semblait anormal. Rovo essaya de penser à d'autres pièges potentiels, mais il ne voyait d'arme nulle part. Alors que voulait vraiment cette chose, qui refusait de dire un mot ?

À mi-chemin de la branche centrale, encadré entre une paire de portes en acier portant ce qui ressemblait à de la moisissure verdâtre-noire s'étendant autour des bords, Rovo s'arrêta quand les alarmes se turent. Ayant vécu avec leurs hurlements constants pendant ce qui était des minutes mais semblait des années, le silence soudain résonna. La créature ne semblait pas s'en soucier, sauf pour incliner la tête sur le côté, comme si elle demandait à Rovo ce qu'il pensait de ce revirement de situation.

Les lumières s'éteignirent.

Le casque de Rovo réagit plus vite que ses réflexes et le bascula en vision nocturne, qui aspirait chaque photon possible pour créer une image verte floue, juste à temps pour voir la créature s'éloigner en traînant des pieds autour d'un autre virage.

— Arrêtez ! cria Rovo, mais il ne reçut aucune réponse.

Qui avait éteint les alarmes, les lumières ? Rovo se brancha sur son émetteur et écouta le bavardage crypté des gardes. Excité, certainement, mais impossible de dire si c'était leur initiative ou celle de quelqu'un d'autre. Aurora ou Gregor, peut-être ? Sai et Eponi s'y connaissaient en technologie. Ils auraient pu tout griller pour se cacher quelque part.

— Quelqu'un me reçoit ? Rovo essaya un autre message sur la fréquence de l'escouade et n'entendit rien en retour. Pas d'autre bavardage non plus. — On dirait que non.

Ce qui laissait suivre la créature comme seule option

valable. Rovo la suivit à pas rapides, bien qu'il joue selon les règles et jette un coup d'œil autour du virage, fusil prêt, avant de sortir de sa couverture. Le coin progressait sur une courte distance avant de se terminer en cul-de-sac sur une autre porte, celle-ci portant une large gamme de signes de danger en plus d'une étiquette à quatre zéros. Un petit trou à droite de la porte révélait un fil électrique qui crépitait, qui brillait intensément pour Rovo, et des morceaux de ce qui devait être le scanner brisé étaient éparpillés sur le sol.

Pas de créature, cependant.

Rovo s'approcha furtivement de la porte, notant les bords moisis ici aussi. La base avait besoin d'un bon récurage, semblait-il. Mieux valait s'en tenir à cette idée que d'envisager les options moins plaisantes expliquant pourquoi du métal de haute qualité comme celui-ci serait en train de se corroder. Mieux valait rester concentré et ne pas s'aventurer sur des chemins plus dangereux.

— Sésame, ouvre-toi, dit Rovo, debout devant la porte.

Elle ne bougea pas d'un pouce.

Mais lorsqu'il posa sa main dessus, cherchant la section légèrement en retrait et plus sombre indiquant l'interrupteur de la porte, la barrière glissa sur le côté. Même avec son casque et le filtre à air en marche, Rovo sentit la ruée d'air lorsque l'atmosphère captive se libéra autour de lui. Rovo se figea une seconde, pris de panique, avant de se ressaisir. Ce type de joint sous pression signifiait généralement un sas, ce qui, pour la majeure partie de la vie de Rovo, voulait dire qu'il allait se retrouver dans l'espace s'il allait plus loin. Mais il n'était pas dans l'espace, peu importe à quel point la vaste pièce devant lui était sombre. Il avait atterri sur Dynas. Pas de vide ici.

Il pouvait voir une échelle. Devant lui, accrochée à une étroite plateforme avec une rambarde, éclairée par deux points d'urgence incrustés dans le sol, projetant leur lumière rouge à travers la fine toile charnue qui la recouvrait. Les vrilles vert-noir recouvraient l'échelle et s'enroulaient aussi autour de la rambarde. Elles s'étendaient en taches sur le sol d'acier carrelé. Rovo franchit le seuil de la pièce, s'avança et se pencha par-dessus la rambarde. Trop peu de lumière en bas pour voir quoi que ce soit.

Rovo pouvait y remédier.

Il tapota le sommet de son casque, allumant sa lampe, et regarda. La glace s'empara de lui à la vue de ce que Rovo découvrit, et il voulait, vraiment voulait, appuyer sur la gâchette de son fusil et réduire en cendres chaque parcelle de la pièce. Mais il n'en aurait pas l'énergie. Une douzaine de fusils d'assaut n'auraient pas la puissance nécessaire pour brûler toute cette horreur palpitante et grandissante. Noire et verte, bleue et violette, l'énorme espace — Rovo estima qu'il était plus grand que la centrale électrique — portait toutes les marques d'expériences qui avaient mal tourné. Des tubes de verre brisés pendaient du plafond, leurs moitiés inférieures cachées sous la mare mouvante.

Et quelle mare. Comme une soupe pourrie encore en ébullition, la surface sombre ondulante éclatait et bouillonnait, ondulait et se tordait. Que le mouvement vienne de la substance elle-même ou de quelque chose en dessous, Rovo l'ignorait. Ne voulait pas le savoir.

L'Escouade Sever était venue ici pour sauver quelqu'un qui avait besoin de secours, pas pour faire face à des horreurs comme celle-ci. Il était temps de faire demi-tour. De retrouver Aurora et de foutre le camp d'ici.

Rovo se retourna vers la porte. Debout devant celle-ci, entre lui et la sortie de cette chambre cauchemardesque, se tenait la créature dans toute sa répugnante splendeur.

— Je suis si heureux que tu sois venu, dit-elle, avant de pousser.

L'armure de Rovo compensa la poussée, essaya de verrouiller ses pieds, mais Rovo se tenait sur la moisissure, et la moisissure repoussa. Rovo glissa, tenta d'agripper la rambarde alors que la créature le poussait à nouveau.

Il tomba.

26

LA CHASSE AUX MONSTRES

Grandir sur un vaisseau spatial signifiait qu'Aurora passait son temps à composer avec des portes verrouillées. Donner libre cours aux enfants dans une structure couverte de boutons qui pouvaient, selon les circonstances, évacuer l'oxygène, éjecter des navettes de secours dans l'espace ou ajuster les températures des serres était universellement reconnu comme une très mauvaise idée.

Pourtant, à mesure que des vaisseaux de plus en plus grands servaient de foyers permanents aux personnes qui y vivaient en traversant la galaxie d'un système à l'autre, il fallait développer des méthodes de garde d'enfants. Pour Aurora et la douzaine d'autres enfants sur le *Skysurf*, cela signifiait passer la plupart de leurs journées enfermés dans une pièce en forme de dôme, à contempler les nébuleuses au-dessus d'eux et à essayer de se frayer un chemin vers la liberté en dessous.

Ils n'y étaient jamais parvenus à l'époque, les jouets s'avérant être de piètres outils pour forcer les serrures modernes.

Maintenant, cependant, Aurora disposait d'une paire de petits explosifs de frappe, de petites mines qui se collaient à un point et le faisaient exploser. Cette porte était un peu plus imposante que ce pour quoi les mines étaient conçues, et ne présentait aucun point faible évident à cibler, mais après avoir examiné les restes fumants du moniteur, Aurora ne voyait pas d'autre issue. Elle avait ressenti une explosion deux minutes plus tôt, mais comme la base ne s'était pas effondrée sur elle, Aurora avait pensé qu'elle devrait quand même faire sauter sa propre sortie.

Elle continuait aussi d'essayer le canal de l'Escouade Sever, ne rencontrant que des parasites. Quand ils retourneraient à DefenseCorp, Aurora forcerait leurs acheteurs avares à leur procurer des communicateurs capables de pénétrer un étage de métal. Ou du moins essaierait, car ce désordre était exaspérant. Comment Aurora pouvait-elle commander ses troupes si elle ne pouvait pas leur parler ?

Eh bien, ils entendraient au moins la détonation de ces mines.

Aurora en détacha la première. Un petit disque avec quatre forets en diamant sur son dos, l'explosif de frappe pouvait utiliser sa minuscule batterie pour creuser un trou où il attendrait le signal d'Aurora pour faire exploser sa charge. Elle inspecta la large porte métallique, décidant que les murs plus épais seraient plus difficiles à percer. Le centre serait le point le plus faible. Aurora visa l'explosif de frappe, le pressa contre la porte et plaça son pouce sur l'interrupteur de surface qui activerait la batterie.

La porte s'ouvrit rapidement, grinçant alors qu'elle frottait contre les dents de diamant, jusqu'à ce qu'Aurora arrache la mine, dégainant son pistolet de la main gauche et le pointant droit sur le visage de Gregor.

— Salut, dit Gregor, son marteau serré contre lui et, à

part la boue noire carbonisée recouvrant son armure, ayant l'air en bon état. Au-delà de lui, le couloir était toujours éclairé d'un rouge écarlate, bien que les alarmes semblaient s'être arrêtées. Ça va, commandant ?

— Ça fait un moment.

Aurora sortit de la pièce, de peur que la porte n'ait de grandes idées sur le fait de se refermer à nouveau, et, dans le couloir, elle et Gregor se firent un compte rendu mutuel de leurs rencontres avec Felix. Il semblait que Gregor avait eu le pire — Aurora n'avait pas eu affaire à des créatures accrochées au plafond — et l'homme au marteau n'était pas sûr des dégâts qu'il avait causés à la base, si elle pouvait faire face à la destruction du conduit thermique. Aurora parierait qu'une installation aussi technique que celle-ci avait suffisamment de redondance pour ne pas exploser si facilement, mais un départ rapide ne serait pas une mauvaise idée.

Mais ils devaient retrouver les trois autres avant de partir. Et détruire Felix. Dans n'importe quel ordre.

— Le tram fonctionne maintenant, la voix de Felix mit fin à leur conférence. Sans projecteurs dans le couloir, la créature ne pouvait pas leur envoyer son image, mais pouvait parler à travers les interphones épars. J'ai déverrouillé les serrures. Vous pouvez partir.

Aurora essaya de déterminer où regarder et se fixa sur le tram, — On ne part pas tant qu'on n'a pas récupéré le reste de notre équipe. Aide-nous à le faire, et on te laissera peut-être vivre.

Elle ne le ferait pas, mais il était généralement préjudiciable aux négociations de déclarer la mort imminente et certaine d'une des parties.

— Vos amis sont déjà partis, dit Felix. Vous êtes à la traîne.

— Ils ne feraient jamais ça, répondit Gregor. Nous sommes une équipe.

— Alors votre équipe est brisée, dit Felix. Ils se sont envolés sur un aéroglisseur il n'y a pas longtemps, en direction de la ville.

Une autre note à vérifier, mais Aurora ne voulait pas jouer les enquêteurs dans ce foutu couloir. Au lieu de cela, elle pointa son pistolet vers l'ascenseur, — Quelqu'un nous attend de l'autre côté de ces portes ?

— Pour le moment, non. Dans un instant, qui peut le dire ?

Aurora revint en arrière, retraçant l'arrivée de Sever à la base. Eponi était partie seule pour les faire entrer, perdant son armure. Aurora et Gregor s'étaient séparés de Rovo et Sai, ces derniers partant à la recherche d'Eponi. Si les trois s'étaient échappés sur l'aéroglisseur — avec leur incapacité à communiquer, ce n'était pas impossible — alors Aurora et Gregor feraient tout aussi bien de prendre le tram et de dire adieu à ce bazar.

— Combien sont partis sur l'aéroglisseur ? demanda Aurora.

— Trois, répondit Felix, lentement et uniformément. Comme la substance visqueuse qui recouvrait son corps.

Cela signifiait qu'ils s'étaient retrouvés. Le reste de Sever était parti, et Aurora et Gregor devaient suivre. Sauf si elle se trompait, si Felix mentait...

— Montre-nous, dit Aurora, et Gregor lui lança un regard confus, ses yeux visibles à travers la visière de son casque. Si je dois te faire confiance, j'ai besoin de preuves. Il y a des caméras partout dans cette base.

Felix ne répondit pas immédiatement. Un silence assez long pour qu'Aurora se soit déjà tournée vers l'ascenseur avant que la voix visqueuse ne reprenne.

— Je le ferai, mais vous devez d'abord venir à moi.

— Ce n'est pas un problème, dit Aurora en faisant un signe de tête à Gregor, qui appuya sur le bouton d'appel de l'ascenseur. Nous serons bientôt là-haut.

Felix ne répondit pas. Aurora ignorait où se trouvait le monstre à l'intérieur de la base, mais l'attitude malsaine de Felix, ses tentatives de manipulation et, oh, ses essais pour la tuer elle et son équipe signifiaient qu'elle allait mettre en pièces chaque partie de la structure jusqu'à ce qu'elle trouve ce visage au léger sourire et en arrache le champignon.

On ne menaçait pas l'Escouade Sever et on n'en réchappait pas.

— Il a essayé de me tuer, dit Gregor lorsqu'ils entrèrent tous les deux dans l'ascenseur. Il a échoué.

— Nous, non.

Jouer le jeu de Sever signifiait entreprendre chaque action avec une intensité sinistre. Gregor et Aurora se séparèrent dans l'ascenseur, chacun prenant un mur et pointant leurs fusils — Gregor avait remis son marteau dans son compartiment dorsal — vers les portes.

Lorsque les battants métalliques s'ouvrirent, se séparant du milieu avec une grâce rapide, et révélèrent une demi-douzaine de gardes en train de planifier une stratégie, les deux membres de Sever déversèrent tant de tirs laser que le mur face à l'ascenseur commença à fondre sous la chaleur. Les gardes n'eurent pas le temps de bouger, d'esquiver ou de dégainer, ni même de décider laquelle de ces options était la meilleure. Les portes de l'ascenseur s'ouvrirent, et les cendres suivirent.

— Personne qui nous attend au-delà de l'ascenseur ? dit Aurora alors qu'elle et Gregor avançaient au-dessus de leurs victimes. Encore un mensonge à faire payer.

Felix ne serait pas revenu vers l'entrée de la base, ce qui

signifiait qu'il fallait emprunter l'autre couloir. Les lumières rouges brillaient toujours ici aussi, enveloppant les corps fumants dans une ombre cramoisie. Gregor menait, échangeant maintenant ses fusils contre le marteau tandis qu'Aurora assurait le soutien. Elle gardait l'émetteur grand ouvert, mais n'entendait que des parasites.

La centrale électrique fut un peu un choc, mais confirma la fonction de la base comme étant bien plus qu'un simple avant-poste. On ne faisait pas fonctionner un tas de micro-réacteurs juste pour réchauffer la nourriture la nuit. Une paire de gardes surgit sur Gregor et Aurora depuis le couloir de droite, apparemment sans s'attendre à de la compagnie malgré les lumières d'avertissement. Aurora tira quelques salves, mais ces gardes se révélèrent plus rapides que le groupe précédent, plongeant derrière le premier réacteur tandis que les tirs d'Aurora perforaient de trous noirs le mur derrière eux.

Gregor passa au milieu de la centrale, marteau prêt, tandis qu'Aurora avançait vers le couloir que les gardes avaient quitté. Les piéger, les détruire. Une simple opération en deux étapes. Lorsqu'Aurora contourna la tour du réacteur, les gardes n'étaient pas visibles. Une détonation retentit dans la pièce, et les voilà qui couraient en tirant avec leurs pistolets derrière eux, vers l'endroit où Aurora s'attendait à trouver Gregor.

— Salut, dit Aurora alors que les gardes se rappelaient qu'ils faisaient face à deux ennemis, pas un. Elle appuya sur la gâchette visant leurs visages, leurs mains se levant dans une vaine tentative de se protéger. Au revoir.

Gregor s'approcha, marchant et balançant le marteau comme s'il s'agissait d'un jouet plutôt que d'une machine de démolition. Aurora fit un geste vers les gardes à terre.

— Tu me fais nettoyer tes restes ? dit Aurora.

— C'étaient des lâches.

Le couloir que les gardes avaient quitté s'avéra être un désastre. Quelqu'un avait fait exploser un mur et effondré un plafond en un tas de gravats bloquant le passage. Des étincelles jaillissaient d'un fil coupé, et de l'eau fuyait en une flaque grandissante qu'Aurora jugea capable de délivrer un choc mortel à quiconque serait assez stupide pour la toucher. Ils considérèrent l'obstruction un moment, avant de jeter tous deux un regard au marteau de Gregor.

— Possible, dit Gregor.

— Non, répondit Aurora. Pas avant d'avoir éliminé l'autre option.

Si le reste de Sever était effectivement parti, alors chaque minute passée à marteler les décombres serait dangereuse. Gregor et Aurora avaient géré ces gardes avec le fort soutien de la surprise. De nouveaux renforts ne tomberaient pas si facilement. Mieux valait les éviter.

Dans l'autre direction, ils trouvèrent des soldats inconscients dans un bureau. Pas de brûlures de laser. Sever ne gagnait pas de points bonus pour les meurtres, alors Aurora les laissa là après s'être assurée qu'ils n'avaient pas d'armes en état de marche. Elle se retourna, revint dans le couloir et s'arrêta.

Gregor se tenait là, marteau prêt, regardant plus loin. Felix. Difficile à dire précisément dans la lumière rouge, mais Aurora le savait comme elle savait reconnaître une menace. Elle le sentait. Un picotement sur sa nuque, son souffle se resserrant. Elle leva son fusil et tira, mais Felix bougea trop vite. Il disparut au tournant.

— Allons-y doucement, dit Aurora. Il veut que nous le suivions, sinon il aurait déjà disparu.

— Il joue à un jeu dangereux.

— Un jeu qu'il va perdre.

Au tournant, les portes changeaient. Ce qui avait été des bureaux portait maintenant des étiquettes plus larges, et les murs brillants s'assombrissaient de lignes noires et moisies. Comme si la base elle-même était malade. Aurora fit un rapide calcul : toutes les portes qui semblaient abriter une peste, elle ne voulait pas les voir ouvertes. La vue, cependant, titillait cette partie d'Aurora toujours à l'affût d'opportunités lucratives. Les choses qu'elle avait déjà vues ici violaient toutes sortes de normes galactiques, mais une douzaine d'expériences écœurantes ne ferait pas trop de remous. Une base pleine de ces choses, et un être comme Felix signifiant probablement qu'il y en avait d'autres, pourrait déclencher une réaction tout à fait différente.

DefenseCorp payait de grosses primes pour de gros contrats, et nettoyer un monde comme Dynas, couvert de monstres bio-modifiés, serait un gros contrat. Aurora pourrait peut-être prendre sa retraite avec la seule commission de découverte.

— Embranchements, dit Gregor alors que le couloir se divisait en trois. Felix est au milieu.

En effet, il était là. Debout dans la lumière rouge. Toujours aussi laid.

— On lui tire dessus ? demanda Gregor. Ou je charge ?

— Allons-y doucement, répondit Aurora. Je deviens curieuse de voir jusqu'où ça va nous mener. On pourra le liquider à la fin.

Felix ne s'opposa pas au rythme. Cependant, lorsque les deux membres de Sever arrivèrent à mi-chemin, la créature s'enfuit à nouveau. Cette fois, les lumières s'éteignirent aussi, plongeant tout dans l'obscurité.

— Lumières, dit Aurora, et immédiatement leurs deux

casques inondèrent le couloir d'une lumière blanc-jaune vive. Si Felix veut de l'obscurité, nous n'allons pas la lui donner.

Gregor prit à nouveau la tête, marteau prêt, et Aurora marchait à quelques mètres derrière, lui laissant beaucoup d'espace pour se balancer. Elle vérifiait constamment leurs arrières, mais rien ne tentait de leur tendre une embuscade. Ils atteignirent une porte fermée, lourdement étiquetée. Pas de lecteur de badge.

— Prête ? demanda Gregor.

— Prête.

Il toucha la porte qui s'ouvrit sans résistance, révélant une petite plateforme et une échelle. Gregor fit un grand pas en avant, scrutant par-dessus le bord. La lumière d'Aurora attrapa l'ombre, et elle s'élança — autant que possible dans son armure encombrante — et abattit le bras de Felix. Elle suivit son coup sur la plateforme alors que Felix se recroquevillait sur la droite, où il s'était apparemment caché sous une console évidée. Un piège, donc. Aurora pointa son fusil tandis que Gregor passait à une prise de gauche. Elle pouvait le griller, il pouvait l'écraser.

— Comment veux-tu mourir ? demanda Aurora.

— Je ne veux pas mourir, répondit Felix.

— Ce n'est pas une option, rétorqua Gregor.

— Un marché ! s'écria Felix. Des informations contre ma vie. Pour votre ami.

— Tu as dit que nos amis étaient partis, dit Aurora, pas le moins du monde surprise.

— Ils ne m'ont pas conçu pour être honnête.

— Et pour avoir peur ?

— Ça, je connais, dit Felix en sortant, en se traînant hors de son trou. Votre ami. Il est là-bas.

D'un bras fongique et maladif, Felix pointa vers le bas

au-delà de l'échelle, vers la masse gargouillante de moisissure noire et verte. Aurora pouvait voir, planté comme un
drapeau, la jambe de Rovo, son armure bleue brillant sous la
lumière de son casque.

27

ATTERRISSAGE BRUTAL

Selon Sai, DefenseCorp possédait le meilleur système de simulation de la galaxie. Tout scénario qu'il voulait exécuter, Sai pouvait soit le construire lui-même, soit demander à ce qu'il soit créé pour lui par des concepteurs qui savaient comment façonner la réalité virtuelle en un espace de jeu parfait. L'Escouade Sever utilisait principalement les simulateurs pour s'entraîner aux manœuvres et aux assauts coordonnés. Sai, quant à lui, préférait tester les explosifs. Il aimait simuler comment divers dispositifs chimiques et électriques exploseraient, et si l'armure fournie par DefenseCorp pouvait résister à l'explosion qui en résulterait.

Savoir qu'il pouvait déclencher une bombe et y survivre donnait à Sai une sacrée surprise à exploiter.

Alors, quand le skiff s'est écrasé contre la tour, quand Sai a senti les barres métalliques, les plaques de plâtre sèches et les débris indescriptibles se plaquer contre lui, il savait que son armure pouvait le supporter. Tout ce qui n'était pas un tir laser soutenu ou des armes à lames de diamant aurait du mal à le transpercer.

L'armure, cependant, ne faisait rien pour arrêter l'élan.

Le skiff a finalement heurté quelque chose de plus solide que sa masse crachotante lorsqu'il a traversé la baie, pénétrant dans un large corridor et percutant le mur derrière. Tandis que la coque extérieure du mur s'effondrait, l'avant brisé du skiff s'est coincé, projetant Sai et Eponi en avant à travers l'espace auparavant occupé par le toit du poste de pilotage. Sai n'avait pas les réflexes nécessaires pour attraper Eponi en plein vol tout en gardant un semblant de sang-froid, alors il a volé en agitant les bras avant de s'écraser à travers un combo de pont de skiff et de mur de baie d'amarrage en ruine.

Assez lourd pour continuer à rouler, Sai a dégringolé de ce désordre et a glissé avec les décombres, sur le dos, vers le trou que la proue plongeante du skiff avait créé en achevant son crash apocalyptique.

Autour et au-dessus de lui pendaient des poutres de soutien brisées, des fils électriques clignotants et des tuyaux laissant échapper on ne sait quoi. Des métaux blancs et gris, de la poussière et des carreaux flottaient dans l'air ou tombaient avec Sai. L'impact a secoué ses sens, mais Sai savait que s'il tombait dans ce trou, dans la pièce qui se trouvait au-delà, il aurait du mal à revenir vers Eponi. Alors il a tendu la main, agrippé tout ce qu'il pouvait, et activé les crampons de ses bottes pour chercher une prise.

Les bottes de Sai ont trouvé une accroche en premier, et Sai a réalisé son erreur lorsque ses pieds soudainement bloqués l'ont propulsé hors du pont du skiff et l'ont projeté en avant, le plaquant poitrine contre terre sur la pente même qu'il venait de dévaler, dispersant davantage d'éclats et de débris partout. Il a ajouté ses propres jurons aux alarmes qui retentissaient autour de lui. Il ne pouvait pas imaginer de meilleur moment pour pester contre le maléfice divin qui l'avait jeté dans cette mission. Au moins, les autres membres de Sever ne voyaient pas ça.

Ses chevilles, quant à elles, *ressentaient* certainement cela, et avec ses bottes bloquées, les chevilles de Sai protestaient contre le fait de supporter tout le poids de l'homme. Elles craquaient, elles se tendaient, et Sai ne trouvait pas de prise sur la rampe de fortune couverte de débris pour se redresser. Deux choix : soit plonger en avant, soit rester là et se briser les chevilles.

Sai a choisi de plonger. Il a rétracté les crampons de ses bottes, qui se sont libérés au grand soulagement de ses chevilles, et Sai a glissé dans le trou déchiqueté comme le plongeur le plus maladroit de la galaxie. La chute a duré deux battements de cœur, peut-être trois, avant que Sai ne heurte un sol fait d'un matériau beaucoup plus solide que celui qu'il venait de traverser. Un matériau plus mou aussi, qui a amorti l'impact suffisamment pour que Sai ne sente que quelques côtes se fissurer, une étrange douleur à la hanche et un choc qui lui a fait vibrer les os du crâne. Ce dernier coup a maintenu Sai au sol, embrumant son esprit de nuages sombres.

Son casque lui criait dessus, des alertes clignotantes hurlant sur sa visière, mais Sai a fermé les yeux. Il a essayé de les ignorer pendant un long moment et s'est étalé sur le sol. Si le propriétaire de cet endroit voulait le faire prisonnier, Sai se laisserait faire. Juste pour mettre fin à cette folie. Il avait participé à de nombreuses missions avec Sever et la plupart avaient mal tourné à un moment ou à un autre, mais s'écraser dans un skiff contre un bâtiment gigantesque sur un monde marécageux inconnu recouvert de gaz jaune ? Il y avait quelque chose dans cette confluence d'événements qui brisait le sang-froid de Sai. Il avait besoin d'une minute pour le retrouver.

Le casque de Sai ne lui a pas accordé cette minute.

Les alertes ont augmenté en tonalité et en fréquence, martelant les tympans commotionnés de Sai jusqu'à ce qu'il parvienne à marmonner la commande pour les couper. Cette simple articulation et le mince lien avec la réalité qu'elle lui procurait ont suffi à Sai pour forcer ses yeux à se rouvrir. Il a regardé de côté à travers la visière et ses avertissements. En rouge vif sur le côté droit de sa vision, le verre dur affichait un cercle bleu profond avec un point vert au milieu — Sai — et un trio de points rouges qui se rapprochaient régulièrement. Que ces points représentent un réel danger pour Sai ou non, l'armure ne pouvait pas le savoir, mais dans cet endroit, Sai pouvait supposer qu'ils n'étaient pas des amis.

Pas de repos pour les Severs.

Sai s'est poussé, s'est levé avec une faiblesse vacillante qui l'a fait tituber d'un pied sur l'autre, instable. La pièce spacieuse, éclairée de douces teintes violettes comme une mauvaise boîte de nuit, s'étendait autour de lui. Des formes étranges étaient également présentes. De gros rochers, et ce qui semblait être de faux arbres, grands et ombragés, construits directement dans le sol. Comme si quelqu'un avait créé un parcours d'obstacles, ou un champ de bataille. Et ces points rouges ?

Pas des rochers. Pas des arbres.

Sai secoua la tête, essayant de comprendre ce qu'il voyait. Son viseur indiquait que l'un de ces points rouges se tenait droit devant lui, mais pour Sai, ce qui s'approchait ressemblait davantage à la silhouette frissonnante d'un géant gelé. Humanoïde, certes, mais mesurant au moins trois mètres de haut, avec un visage allongé et des membres aux teintes bleutées aux proportions totalement anormales. Des touffes de poils gris s'agglutinaient çà et là sur la créature, comme si elle avait subi une tentative désastreuse de se raser. Pas de vêtements, pas d'armes, mais elle avançait vers Sai d'un pas traînant mais régulier.

— Qu'est-ce que tu es ? dit Sai, en essayant de reculer pour gagner de la distance, mais son cerveau embrumé le fit trébucher en arrière à la place.

Quelque chose l'agrippa, le retenant fermement jusqu'à ce que Sai donne un coup de pied pour se propulser, ce qui l'envoya voler à quelques mètres de là dans un nouvel impact dur et douloureux avec le sol. En regardant en arrière, Sai eut du mal à se concentrer, mais la chose qui l'avait attrapé semblait d'un noir de goudron, robuste. Également humanoïde, mais compacte. Luisante sous la lumière violette.

Sai regarda en direction du dernier point rouge et ne fut pas surpris de constater que lui aussi ressemblait à une personne, seulement celle-ci était recouverte d'excroissances d'un vert-noir mousseux. Ses bras et ses jambes étaient envahis de bulbes biologiques frémissants qui rendaient chacun de ses pas vers Sai spongieux. La troisième créature complétait également le thème unificateur de Sai pour le trio :

Elles étaient toutes sacrément laides.

Cette fois, quand Sai se leva, les tremblements n'étaient pas si importants. Son nez semblait toujours percevoir une odeur étrange, et la poitrine de Sai était transpercée d'une douleur qui exigeait une attention urgente, mais pour l'instant, son corps pouvait faire face à la situation. Ses mains aussi — elles tirèrent l'épée du dos de Sai, où elle avait survécu au crash et à la glissade subséquente sans problème.

Alors que les trois choses convergeaient vers Sai, il tenait la lame devant lui, son tranchant captant la lumière. Magnifique, vraiment. Si Sai devait mourir dans cette tour, et il ne doutait pas que des gens le tueraient quand tout cela serait terminé, il espérait qu'une vidéo de cet instant sortirait. Qu'elle serait diffusée sur les ondes galactiques jusqu'à sa famille, pour que son fils et sa fille aient une belle image héroïque de leur père.

Puis, levant la lame jusqu'à son épaule droite, Sai fit un signe de tête aux trois monstres qui avançaient, et se mit à l'œuvre.

28

SALE BOULOT

Les mineurs d'astéroïdes avaient deux attitudes. Soit on ne sauvait pas le gars en difficulté, car ses propres erreurs l'avaient probablement mis dans cette situation. Pourquoi se risquer à sauver quelqu'un de son propre échec ? Soit on plongeait, on faisait tout ce qu'on pouvait pour sauver le mineur parce que demain, ce pourrait être vous qui auriez besoin d'être sauvé, et l'aide avait tendance à être réciproque. Gregor préférait faire un compromis et éliminer l'ivraie inutile avant qu'elle ne puisse se mettre en position de se blesser ou de blesser quelqu'un d'autre.

Quand il est arrivé à DefenseCorp, cette attitude ne lui a attiré les faveurs de personne. Qui voulait d'un coéquipier qui jugerait votre aptitude au poste et, selon sa propre opinion, déciderait de vous aider ou non ? Les tests de Gregor, ses performances sur le terrain, les personnes avec qui il s'asseyait au mess, tout convergeait vers son efficacité brutale et sa tolérance zéro pour les compagnons médiocres. Il acceptait volontiers de prendre des risques, tant que le combattant à ses côtés était aussi bon, ou presque, que Gregor.

Jusqu'à Medux Prime.

Relégué aux patrouilles après avoir aliéné ses camarades sur Roast, Gregor avait été transféré dans une unité de grade D censée empêcher un groupe de civils sans défense de s'entre-tuer alors que les vagues géantes de Medux Prime fracassaient ses îles beaucoup plus petites sur sa surface et les unes contre les autres. Tout être humain sensé aurait déclaré la planète inhabitable, mais les espèces qui y avaient grandi prospéraient dans le conflit et extrayaient une grande quantité de pierres précieuses étonnantes créées par de gros vieux rochers s'entrechoquant encore et encore.

Gregor avait passé deux ans à chevaucher ces îles, et pendant ce temps, il avait travaillé avec le rebut du rebut. Des gens que DefenseCorp avait planqués sur Medux Prime non pas parce qu'ils avaient les problèmes de personnalité de Gregor, mais parce qu'ils savaient à peine par quel bout tenir un fusil pour viser l'ennemi.

Entouré d'imbéciles, et considéré comme tel par un commandant dont le seul objectif semblait être de détourner suffisamment de pierres précieuses pour prendre sa retraite, Gregor a appris à... enseigner. Il a appris à accepter quand une recrue provoquait une émeute en menaçant accidentellement les dirigeants d'une île nouvellement fracassée. Il a appris à intervenir et à aider quand un nouveau venu mettait son armure à l'envers, déclenchait ses propulseurs et s'envoyait voler dans la mer.

Finalement, avec ses ratés hétéroclites de DefenseCorp, Gregor a confronté le commandant de Medux Prime. Il est entré dans le bureau de l'homme, marteau à la main, et a exigé que le commandant cesse de voler les extraterrestres qui payaient DefenseCorp pour assurer leur sécurité et celle de leurs pierres précieuses. Quand le commandant lui a ri au nez, Gregor a fait un geste vers l'escouade de soldats, sinon aguerris, du moins pas totalement ineptes, derrière lui. Le commandant a pâli, a déclaré qu'il arrêterait, puis les a promptement réaffectés, larguant Gregor dans Sever, où l'homme au marteau ne s'approcherait plus jamais de Medux Prime.

Néanmoins, Gregor considérait cela comme une victoire morale.

Alors quand il a vu Rovo, la recrue, peut-être mort mais peut-être vivant dans cet horrible bourbier, Gregor avait déjà grimpé à moitié par-dessus le bord avant qu'Aurora ne lui donne le feu vert pour plonger. Gregor a rangé son marteau en sautant de la plateforme — le coup de marteau en chute était l'un de ses mouvements préférés, mais écraser un Rovo déjà englouti semblait un mauvais choix — et a plongé dans la fange. Contrairement aux créatures qu'il avait écrasées puis brûlées dans la pièce du dessous, dont la peau avait été recouverte de cette substance, la pure saleté avait une consistance plus légère. Comme se déplacer à travers d'épaisses toiles d'araignée, bien que celles-ci laissent une tache liquide. Le poids de Gregor seul l'enfonça jusqu'à la taille, mais un rapide coup de ses propulseurs de bottes le repoussa au sommet avec une fantastique gerbe de crasse, où il put s'agenouiller et rester, avec de légères empreintes, à la surface.

— Tout va bien ? dit Aurora, leur transmission à courte portée amenant sa voix à l'oreille de Gregor comme s'ils se tenaient l'un à côté de l'autre.

— Je suis en vie, mais ça m'agrippe, dit Gregor, se dégageant des fils qui s'accrochaient et se dirigeant vers Rovo. Je pourrais avoir besoin d'aide pour sortir la recrue.

— Voyons si notre ami a des idées.

Gregor n'attendit pas Felix. Une fois arrivé au seul membre dépassant de Rovo, Gregor donna une traction à la botte bleue, sans rien résoudre. Il ne pouvait pas avoir beaucoup d'effet de levier avec la boue clapotante, et Gregor sentit aussi une traction opposée — quelque chose voulait que Rovo reste là-dessous.

La fange décida qu'elle voulait aussi Gregor.

Des vrilles noires et vertes s'élevèrent de la gadoue, s'étirant vers Gregor comme des serpents sortant d'un marécage. Il les repoussa d'une main, tout en continuant à tirer sur Rovo de l'autre, mais les coups ne faisaient rien pour décourager ces choses qui tendaient vers lui. Elles n'essayaient même pas d'esquiver, se contentant d'encaisser les coups de Gregor, s'éclaboussant et se reformant pour en redemander. Quelques-unes se faufilèrent du côté gauche, là où Gregor tirait, et une soudaine explosion de feu jaune les carbonisa.

— Je te couvre, dit Aurora. Concentre-toi pour sortir Rovo. Felix dit qu'il ne peut pas le contrôler.

— Jette-le dedans, on verra si ça lui donne des idées.

Gregor avait besoin de changer de stratégie. Il regarda derrière lui, vers l'échelle qui remontait de la vase vers le sommet. Elle semblait solide, peut-être assez forte pour supporter son poids. Gregor lâcha Rovo, porta ses mains à sa taille et détacha la paire de lignes de connexion, similaires à celles que Sai avait utilisées pour descendre sous la mine à l'extérieur, et les fixa à la botte de Rovo. Conçus pour maintenir les gens ensemble dans le vide, Gregor estima que les câbles pourraient supporter la tension.

Quant à savoir si les os de Rovo survivraient sans se briser, eh bien, c'était toujours mieux que d'être mort.

Tandis qu'Aurora traçait des traits de feu doré autour de lui, transformant les vrilles en cendres brûlantes, Gregor se jeta en arrière vers l'échelle, l'agrippa des deux mains et grimpa. Une fois qu'il eut monté quelques barreaux, Gregor sentit de violentes secousses sur les lignes alors que des tirs laser passaient tout près. Aurora devait maintenant aussi protéger les lignes, les vrilles tentant d'agripper leurs tentacules visqueux aux maillons.

Aurora devait dépenser trop d'énergie de son fusil pour cela, mais les missions Sever ne se déroulaient jamais comme prévu, elles déviaient toujours. Risque maximum, excitation maximum.

— Tiens bon, bleu, dit Gregor, diffusant ses paroles sur le canal de l'escouade. Rovo pouvait peut-être entendre, peut-être se préparer. Et si tu m'entends, pousse.

Gregor tenta un pas, se tendant contre les lignes. Il appuya avec ses pieds, tira avec ses mains, et lutta contre l'emprise de la vase. Avec un bruit de succion écœurant, la surface sombre se fendit et la jambe de Rovo en sortit, des déchirures se formant et se réparant dans la boue. Maintenant qu'il avait pris de l'élan, Gregor continua. Un pas après l'autre, la sueur se formant et coulant sous l'effort malgré la tentative de l'armure de maintenir Gregor à une température optimale. Des vrilles s'élançaient vers le corps de Rovo et Aurora les repoussait à coups de feu, tissant une attaque si constante qu'un incendie grandissant se déclara, consumant l'abondante matière vivante.

Les actions héroïques méritaient des toiles de fond héroïques.

Le corps inerte et couvert de boue de Rovo reposant maintenant sur la surface enflammée, Gregor regarda à nouveau vers la plateforme et fit un rapide calcul. Il plia les genoux sur l'échelle, lâcha prise avec ses mains et sauta, se propulsant juste au-delà du barreau suivant. Il activa ses propulseurs, vidant leurs batteries à zéro, ce qui propulsa Gregor sur les derniers mètres jusqu'à ce que le poids de

Rovo arrête l'ascension. Gregor saisit l'avant-dernier barreau de l'échelle, cogna ses genoux contre le mur, et jeta un coup d'œil vers le bas pour voir Rovo suspendu, le casque vers le bas. Mais le bleu était hors de la surface, libéré des vrilles.

Un autre bond permit à Gregor de passer par-dessus le rebord, et Aurora vint l'aider, tirant sur les liens. Felix, nota Gregor, avait été remisé dans son trou, les yeux bleus de la créature les fixant.

— Il a abandonné ? demanda Gregor tandis qu'ils hissaient Rovo.

— Il ne voulait pas se faire tirer dessus, répondit Aurora, puis elle jeta un coup d'œil par-dessus le bord. On dirait que j'ai déclenché un incendie.

— Laisse-le brûler.

Aurora ne répondit pas à cela, continuant simplement à haleter et à tirer. Gregor ne voyait aucune raison de sauver cette boue, vivante ou non. Felix avait failli tuer Rovo, avait essayé de les tuer tous les deux, et cette crasse grandissante semblait être de son côté. Elle devait être détruite.

Rovo passa par-dessus le bord de la plateforme, son armure marquée de trous, comme si la vase avait essayé de la dissoudre. La visière du bleu montrait des fissures et des sections troubles là où elle avait fait de son mieux pour résister à l'acide. Une ligne rouge coulait aussi du front de Rovo. Une entaille due à une chute, probablement. Néanmoins, l'armure indiquait que les signes vitaux de Rovo étaient bons dans l'ensemble. Le bleu était vivant, même s'il n'était pas conscient.

— C'est l'heure pour le moche de partir, dit Gregor, se détachant de Rovo et pointant Felix du doigt. Des dernières paroles, monstre ?

— J'en ai plein, dit Felix, se recroquevillant davantage

dans son trou. Plein de choses que je pourrais vous dire aussi, sur cet endroit.

— Pas intéressé, répliqua Gregor, mais alors qu'il s'avançait vers Felix, Aurora lui saisit le bras.

— Je veux savoir, dit Aurora. Enregistre ce qu'il dit. Ça pourrait être utile pour nous.

Il y avait deux façons de comprendre ce mot, utile. Les renseignements sur l'ennemi avaient toujours de la valeur, ils pouvaient sauver des vies ou faciliter la mission. Ou rapporter de l'argent. Pourquoi Aurora se soucierait d'argent à ce stade, avec plus de la moitié de l'escouade blessée ou disparue, n'avait aucun sens. Mais après tout, Gregor n'était pas le commandant. Il n'avait pas à rendre compte à DefenseCorp du succès et de l'échec de la mission. Il aurait préféré écraser Felix sur-le-champ avec le marteau, mais si Aurora l'ordonnait, Gregor obéirait.

— Parle, créature. Gregor s'accroupit et fixa Felix à travers sa visière.

Comme toile de fond, la matière biologique en feu produisait suffisamment d'épaisse fumée noire pour que les bouches d'aération de la pièce doivent tourner et vrombir pour maintenir la circulation de l'air. La voix de Gregor s'élevait au-dessus de leur rotation incessante, ponctuée par des crépitements lorsque de plus grosses excroissances brûlaient et éclataient en bas. Les filtres à air empêchaient une partie de l'odeur de brûlé de pénétrer dans l'armure de Gregor, mais pas toute, et quelqu'un moins habitué à l'odeur de boue âcre aurait pu suffoquer à cause de ce qui passait. Pourtant, Felix ne broncha pas et il n'avait ni filtre, ni visière.

Gregor ne pouvait montrer aucune faiblesse.

Alors Felix parla, et ils écoutèrent tandis que la créature de Dynas révélait ses secrets.

TEMPS DÉSESPÉRÉS

Elle s'était écrasée quatre fois. Les trois premières avaient été mineures, le genre d'accidents auxquels tout pilote était destiné. Karts, aéroglisseurs, peu importe, ils avaient tous un millier de pièces et si trop d'entre elles lâchaient quand Eponi tirait l'engin dans un virage serré au milieu des lianes géantes sur Kantos, ou plongeait sous une pluie de rochers des geysers de pierre sur Ferra, elle finissait par s'écraser contre un mur en comptant sur sa bulle pour survivre. Une sphère quasi impénétrable autour du cockpit d'un kart et de la cabine de pilotage d'un aéroglisseur de course, les bulles étaient excellentes pour maintenir les pilotes en vie. Eponi en aurait adoré une maintenant, sauf que les Thissalides, qui détenaient le secret de la fabrication de la bulle, ne les fournissaient aux coureurs qu'en raison de l'obsession prédominante de l'espèce pour ce sport.

Cela dit, Eponi ne pouvait pas en vouloir aux Thissalides. Sans eux, la course spatiale n'existerait pas comme elle le fait. Trop de morts, trop peu de volontaires prêts à risquer leur longue vie pour si peu d'argent. Rendez le pilote presque invincible, cependant, et soudain vous avez des amateurs de sensations fortes désireux de courir à travers la galaxie.

Eponi n'avait pas de bulle quand l'aéroglisseur s'est écrasé sur Dynas. Elle avait Sai, et bien que son armure ait fait un travail admirable pour garder Eponi en vie pendant les premières secondes où, les yeux fermés et la tête enfouie entre les membres de Sai, Eponi ressentait la chaleur rugissante, sentait l'odeur des fils brûlés, et entendait ce qui semblait être un millier d'instruments se brisant d'un coup, Eponi aurait de loin préféré le filet d'invulnérabilité argenté.

Surtout quand le second impact, lorsque l'aéroglisseur a percé le corridor, les a tous deux propulsés, la masse beaucoup plus lourde de Sai s'éloignant d'elle. Eponi a rebondi sur le mur qui cédait, juste à gauche de l'ouverture créée par l'aéroglisseur et à travers laquelle il continuait de glisser. Elle a ricoché au sol, roulant avec l'élan et ressentant chaque moment où elle touchait, eh bien, quoi que ce soit.

Il s'avérait que les corps humains n'étaient pas faits pour rebondir.

La clarté est revenue par bribes tandis qu'Eponi gisait à plat sur le sol. Des étincelles pleuvaient autour d'elle, offrant de petites brûlures pour la distraire des écorchures et coupures plus sérieuses. Sa tête lui faisait mal là où quelque chose, du métal dentelé peut-être, avait attrapé ses cheveux et les avait tranchés, laissant une zone dénudée sur le côté droit de sa tête. Du sang, qui semblait noir avant qu'Eponi ne réalise qu'il collectait cendres et poussière sur son chemin le long de son visage, gouttait sur le sol autour d'elle.

Eponi pensait que le crash de l'aéroglisseur serait leur seule chance de survie, mais elle les avait peut-être tués tous les deux malgré tout. Au moins Sai pourrait survivre dans son armure. Eponi ? Eponi était fichue.

Jusqu'à ce que les sprinklers s'activent, couplés à une poudre épaisse destinée à éteindre les feux électriques. La substance mousseuse tombait d'en haut, éclaboussant tout autour d'elle et l'épave derrière. Elle nettoyait son sang, lavait les lambeaux de sa combinaison, et, avec le froid mordant de l'eau, empêchait Eponi de craquer. Elle se tenait sur un fil, et d'un côté se trouvaient tous les problèmes, les terribles choix et les moments de malchance qui l'avaient amenée à ce point, et de l'autre... de l'autre il y avait le mouvement. Elle pouvait aller de l'avant et espérer que les choses s'améliorent. Faire confiance à ses compétences, à son corps pour ne pas s'effondrer complètement.

Aurora lui crierait de se lever maintenant. Lui dirait qu'Eponi ratait son moment, allongée ici dans la flaque grandissante. Dirait qu'Eponi nuisait à l'escouade en restant immobile.

Elle courait pour elle-même, mais, de plus en plus à mesure qu'Eponi s'améliorait, pour son équipe. Les sponsors et l'équipe qui assemblaient ses karts avant chaque course, qui la gardaient à l'heure et dans les temps en sautant d'un bout à l'autre de la galaxie. Elle s'était relevée après les crashes, les défaites, et avait continué.

Sever avait besoin d'elle. Et qu'était ce crash, vraiment ? Une coupure ou deux ? Des cheveux qui repousseraient ? Elle avait connu pire. Elle aurait probablement *pire* sur Dynas, vu à quel point cet endroit semblait terrible.

— Je ne mourrai pas ici, dit Eponi sans vraiment le vouloir, mais ces mots firent leur effet.

Sous la pluie des sprinklers, elle se leva. Regarda en arrière vers l'aéroglisseur qui glissait à travers son trou et dans l'autre pièce, disparaissant. Elle aurait crié pour appeler Sai, mais les locaux de la tour avaient commencé à réagir. Des appels à l'aide, pour des équipes de pompiers, résonnaient dans les haut-parleurs de la tour, ou du moins de cet étage. De l'aide allait arriver, et Eponi ne voulait pas être là quand ils arriveraient.

Elle marcha, boitant car sa jambe gauche ne semblait pas tout à fait en état, s'éloignant de l'épave. Le corridor, mis à part les sprinklers et la mousse, rendait hommage aux sensibilités de design éprouvées des entreprises interplanétaires stériles : des murs doux faits pour paraître métalliques, avec peu d'images mais des panneaux et des écrans en abondance montrant tel ou tel rapport de statut. Malgré le fait de vivre à une époque où l'information pouvait être au bout des doigts de chacun, la tendance générale semblait être de mettre des données partout ailleurs aussi. Plutôt que de l'art, pourquoi ne pas avoir quelque chose d'utile, comme un calendrier d'événements ou la dernière mise à jour de votre politique de congés ?

Eponi trouva cependant un panneau utile au milieu du désordre : toilettes.

En parcourant le circuit de course, Eponi avait établi une constante universelle à travers les mondes : les toilettes changeaient toujours. Parfois, selon l'espèce qui contrôlait l'endroit, les toilettes n'existaient même pas et les humains devaient utiliser des versions portables qui privilégiaient la commodité au détriment du confort. Ici, sur Dynas, Eponi avait des attentes mitigées. D'un côté, Dynas était si éloignée de la ceinture populeuse, avec si peu de trafic spatial, qu'espérer des toilettes luxueuses semblait naïf. De l'autre, la tour où ils avaient atterri avait clairement bénéficié d'un investissement important. Des caractéristiques techniques comme une baie d'atterrissage complète et des systèmes d'extinction multi-feux témoignaient d'un soin dans la conception. Vu son état actuel, Eponi voulait, exigeait, rêvait de quelque chose de mieux qu'un trou dans le sol.

Ce qu'elle découvrit en franchissant la porte de taille humaine — un indicateur, comme avec les gardes, que quiconque finançait cet endroit n'était pas intéressé par les extraterrestres — était tout à fait autre chose.

Les éléments caractéristiques d'une salle de bain galactique standard étaient là : cabines, stations antibactériennes et lavages purifiants activés par le regard. S'y ajoutaient cependant des amas de moisissure vert noirâtre sur les murs, tandis que certaines parties du sol semblaient avoir été foulées par des pieds couverts de cendres. Le côté gauche du comptoir, destiné aux ajustements cosmétiques, s'était effondré, des franges blanc glacé recouvrant le bord éboulé. Une lumière jaunâtre émanait de diodes longeant le plafond, et quelqu'un avait placé des diffuseurs de parfum dans les coins qui dégageaient une forte odeur de lavande.

— C'est quoi ce bordel ? marmonna Eponi en entrant, se penchant pour vérifier que personne n'occupait les deux cabines.

Dynas, quoi. Quel monde.

Eponi alla d'abord aux nettoyants et commença à essuyer et laver ses coupures, la crasse et la saleté. L'eau, au moins, coulait claire et fraîche. C'était agréable entre les picotements tandis qu'elle appliquait le gel antibactérien. Quand elle eut terminé, Eponi avait toujours l'air hagard — son uniforme déchiré et les lignes rouges qui zébraient sa peau ne l'avantageaient pas — mais maintenant la douleur n'était plus amplifiée par les suites confuses et sales du crash.

Que faire maintenant du reste de l'endroit ? Qu'est-ce qui poussait ici ? Qu'est-ce qui avait fissuré le comptoir et noirci les carreaux du sol ?

Soit ceux qui avaient construit cet endroit avaient des

sensibilités de design étranges, soit quelque chose n'allait pas sur Dynas.

Un problème plus important que ce mystère, cependant, résidait dans ce qu'Eponi allait faire elle-même. Avec un uniforme en lambeaux, non-Dynas, Eponi n'irait pas bien loin sans être remarquée, arrêtée, et probablement, vu l'accueil charmant que Sever avait reçu depuis son entrée dans l'espace aérien de Dynas, abattue. La discrétion serait la meilleure façon de jouer cette partie. Trouver une couverture, voir ce qui était arrivé à Sai, et essayer de trouver comment repartir de ce monde.

Si Aurora et les autres trouvaient le VIP, peut-être qu'Eponi pourrait les récupérer au passage. Sinon, eh bien, Eponi s'en sortirait quand même. S'en tirerait vivante. La mission avait clairement mal tourné, et rien dans les directives de DefenseCorp n'exigeait un dévouement suicidaire à la cause. Peut-être que DefenseCorp récompenserait même Eponi pour être revenue avec des renseignements, enverrait une armée la prochaine fois pour accomplir la mission.

Eponi entra dans l'une des cabines, ferma la porte sans la verrouiller puis monta sur la cuvette. Des barres pour handicapés lui donnaient quelque chose à quoi se tenir, ajuster sa position pour reposer ses jambes pendant qu'elle attendait. Comme pièges, ce n'était pas le plus original, mais les membres de Sever devaient apprendre vite à travailler avec ce qu'ils avaient.

— Je sais que c'est sous contrôle, dit la femme d'une voix glaciale en franchissant la porte des toilettes quelques minutes plus tard — Eponi n'avait pas pris la peine de compter le temps, la croissance constante de son épuisement suffisait amplement. Gardez tout cet étage fermé jusqu'à ce qu'on l'ait nettoyé. Je serai dehors dans une minute.

Bien qu'Eponi ne puisse pas la voir, la femme fit exactement ce qu'Eponi avait fait — elle alla aux nettoyants. Ouvrit l'eau. Eponi retenait toujours son souffle, déplaça ses pieds. Elle bondirait, fracasserait la tête de la femme contre le comptoir puis lui prendrait, espérait-elle, l'uniforme. Elle espérait que la femme faisait sa taille, ou quelque chose d'approchant, sinon les choses seraient encore maladroites.

Puis la femme se mit à pleurer. Les larmes douces qu'Eponi connaissait elle-même dans ces moments où les choses semblaient tellement absurdement fausses qu'elle se demandait comment elle en était arrivée là, quand la vie avait besoin d'être réinitialisée.

Des pleurs en privé pouvaient faire ça. Un coup de boost pour le moment.

Et une bonne couverture pour une sortie rapide des toilettes.

Eponi franchit la porte, sa main atteignant déjà la gorge de la femme avant qu'elle ne s'arrête.

Elle ne put s'en empêcher. Ne put détacher son regard.

La femme, qui ne semblait pas beaucoup plus âgée qu'Eponi elle-même, et qui était d'une maigreur inquiétante, s'agrippait au comptoir des deux mains. Un uniforme violet pendait lâchement sur son corps, s'enfonçant dans des bottes noires conçues pour s'agripper à des terrains difficiles — étrange dans une tour technologique comme celle-ci — mais rien de tout cela ne retenait l'attention d'Eponi autant que la moitié droite des cheveux de la femme. D'un blanc bleuté, comme le bord givré d'une fleur, les cheveux bouclaient, figés, tandis que la moitié gauche était brune et lisse. La peau de la femme contredisait ce qui aurait pu être un choix de mode unique, avec le même blanc bleuté formant des taches.

Une maladie, peut-être ? Quoi qu'il en soit, Eponi se

figea devant cette étrange vision, et la femme la remarqua dans le miroir.

— Tu n'es pas touchée, dit la femme, sans se détourner du comptoir, ses yeux suivant ceux d'Eponi dans le miroir, s'écarquillant en prenant en compte les blessures évidentes d'Eponi. Attends.

— Je te tuerai si tu cries, dit rapidement Eponi, revenant à l'instant présent. Malade ou non, Eponi ne pouvait pas laisser la femme appeler à l'aide. J'ai besoin de ton uniforme. Avec ou sans te faire mal dans le processus.

La femme, l'eau de nettoyage continuant à couler sur ses mains, prit une profonde inspiration. — Bien sûr que celui qui se battait en bas ne serait pas la seule personne sur le skiff. D'où viens-tu ?

Elle semblait beaucoup trop calme. Ne respectait pas la menace d'Eponi. Il était temps de changer ça.

— Dernière chance, dit Eponi, mettant autant de menace dans sa voix qu'elle le pouvait. L'uniforme, maintenant.

Cette fois, la femme se retourna. Commença à défaire la série de boutons qui maintenaient l'uniforme fermé, — Tu es de quelque part sur Dynas ? Ils en ont gardé certains d'entre vous cachés ?

— Cachés ? Eponi ne put résister, et la femme semblait de toute façon suivre ses instructions.

La femme plissa les yeux en retirant le haut de l'uniforme. La combinaison moulante en dessous souleva encore plus de questions chez Eponi. Un maillage de haute qualité, avec des régulateurs thermiques et des moniteurs de signes vitaux intégrés, ce genre de combinaisons était destiné aux colons partant à la conquête de nouveaux mondes ou allant vivre dans des environnements hostiles. Dynas, avec son approvisionnement en oxygène et sa gravité dans la norme, n'aurait pas justifié ce type d'équipement.

— Vous n'êtes pas d'un autre monde, n'est-ce pas ? demanda la femme. Vous ne pourriez pas l'être.

Eponi ignora cette remarque, se concentrant plutôt sur un mot prononcé plus tôt :

— Vous avez dit « touchée » il y a un instant. Qu'entendiez-vous par là ? Est-ce que c'est ce qui se passe avec votre... corps ?

— Si innocente, dit la femme en sortant du pantalon de l'uniforme, qui avait la multitude de poches dont quelqu'un travaillant dans la maintenance pourrait avoir besoin. Eponi remarqua que la femme ne retirait aucune des étiquettes d'identification collées au tissu. Ça vous trouvera bientôt, j'en suis sûre. Ça se transmet à tout le monde maintenant. La seule question est de savoir laquelle vous serez.

La femme croisa les bras, attendant qu'Eponi enfile l'uniforme.

— Je ne comprends pas, dit Eponi. De quoi parlez-vous ?

— Faites attention, répondit la femme avec un petit rire. Une fois qu'Anaskya vous aura trouvée, vous ressemblerez à moi.

— Anaskya ?

— Voilà ce que fait le désespoir, dit la femme, la main s'élevant vers ses cheveux. Elle infecte qui elle veut maintenant. Je ne sais pas pourquoi je vous dis tout ça, sauf que, je suppose, ça n'a pas d'importance. Vous allez mourir, comme nous tous.

— Noté. Eponi frappa rapidement de la main droite, un coup à la tempe de la femme qui l'envoya s'effondrer au sol.

Eponi rattrapa la femme de sa main gauche au dernier moment, abaissant doucement le corps inconscient sur les carreaux et, ce faisant, se couvrant la main gauche d'une bonne quantité de substance visqueuse bleu-blanc. Eponi jura, passa ses mains sous l'eau purifiante, puis enfila l'uniforme. Un peu grand pour elle, mais ça passerait une inspection sommaire. Beaucoup d'outils à l'intérieur aussi, au cas où Eponi aurait envie de bricoler. Avec ses armes perdues dans le crash, elle avait au moins un microlaser maintenant. De quoi infliger une belle petite brûlure à quiconque l'attaquerait.

À l'extérieur des toilettes, Eponi se fraya un chemin à travers la foule, soldats, ingénieurs, qui que ce soit se pressant vers le crash. Après la femme, Eponi commença à remarquer des taches et des décolorations ici et là. À des degrés divers, beaucoup semblaient infectés. Génial. Donc non seulement elle était seule, coupée de tout contact radio avec son escouade, mais Eponi se trouvait au milieu d'une enclave infestée de maladie. Elle enfonça ses mains dans ses poches et essaya de ne toucher personne, un exercice qu'elle échoua continuellement en se frayant un chemin à travers les couloirs jusqu'à ce qu'elle atteigne le hall central de l'étage. L'objectif numéro un était de trouver une sorte de masque respiratoire, l'objectif deux était de sortir de cette tour, et l'objectif trois ? Quitter ce monde par tous les moyens nécessaires.

Une pièce circulaire spacieuse avec plusieurs ascenseurs différents et une gigantesque œuvre d'art au plafond représentant ce qui ressemblait à une version aquarelle d'une cellule bactérienne, la salle séparait les autres œuvres d'art — toutes des représentations cellulaires — sur ses murs avec des moniteurs affichant des alertes, des ordres et, dans un cas, un flux vidéo en direct montrant quelqu'un qu'Eponi connaissait. Sai. Toujours dans son armure, le démolisseur faisait tournoyer sa lame en coups rapides, tranchant à travers des choses qui ressemblaient à des humains, mais qui en même temps ne l'étaient définitivement pas. En regardant l'écran depuis derrière une foule d'autres personnes, Eponi ne pouvait pas bien distinguer ce qu'étaient ces choses, mais il semblait qu'un grand nombre d'entre elles se dirigeaient maintenant en titubant vers Sai.

— Que se passe-t-il ? se risqua à demander Eponi à la personne devant elle, un homme plus petit dont le cou était tout noir et vert, bouillonnant un peu à la nuque.

— Ce gars s'est écrasé avec le skiff, il est tombé directement dans le bloc de test, répondit l'homme sans se retourner. On dirait qu'on va le laisser éliminer tous les ratés avant de purifier la pièce. Ça résout le problème pour ceux qui ne voulaient pas appuyer sur le bouton eux-mêmes, j'imagine.

Eponi commença à demander ce que signifiait purifier la pièce, puis s'arrêta. Trop de gens autour d'ici, et l'un d'eux pourrait se demander pourquoi Eponi ne savait pas quelque chose qu'elle aurait dû savoir. Alors à la place, elle recula de la foule et regarda vers les ascenseurs. Si Sai était tombé d'un étage, peut-être qu'Eponi pourrait l'atteindre, le faire sortir. Bien sûr, cela signifierait se mettre en danger, risquer l'objectif numéro un.

L'Escouade Sever, toujours à lui compliquer la vie.

30

RÊVES DE DÎNER EN FAMILLE

Rovo attendit que toute sa famille soit assise à table, un vieux meuble en chêne sur lequel ses parents insistaient malgré l'existence de nouveaux modèles qui pouvaient conserver la même apparence avec beaucoup moins d'entretien. Son père déposa des assiettes pleines de pâtes à chacune des cinq places, et sa mère ouvrit le vin pétillant avec ce pop satisfaisant provenant du minuscule haut-parleur intégré dans le bouchon de la bouteille. Un cadre parfait : toute la famille réunie pour le dîner, Rovo lors de sa seule visite de l'année sur la planète. Même le temps capricieux de Tau avait décidé de coopérer, laissant un ciel argenté avec les anneaux de la planète formant une rayure blanche floue en son centre, visible à travers le plafond de verre de la véranda. Ils portaient tous des vêtements d'été, profitant de l'air sec et souriant tandis que Rovo se préparait à leur annoncer qu'il ne les reverrait plus jamais.

DefenseCorp avait un script pour ça, un qui avait été peaufiné au fil de trop nombreuses décennies remplies d'enfants annonçant à leurs parents, de femmes annonçant à leurs maris, ou d'organismes multicellulaires expliquant à leur esprit collectif pourquoi ils allaient bientôt disparaître. Pourquoi ils seraient envoyés à travers la galaxie vers des endroits où la communication prendrait des années plutôt que des secondes. Pourquoi les relations seraient mises en pause, peut-être pour toujours, au nom de l'aventure, au nom de nobles objectifs, au nom de la paix et de la prospérité.

Rovo le lut mot pour mot — le contrat de DefenseCorp l'exigeait, et Rovo devait enregistrer le tout pour que le script et la réaction puissent être étudiés et affinés davantage — et à la fin, quand il conclut par la phrase prêchant un idéal supérieur, son père secoua la tête et sa mère commença à rire de cette façon sans cœur qu'elle avait chaque fois que l'un de ses enfants, selon elle, faisait une terrible erreur. Ses sœurs, dont l'une continua de manger tout au long du discours, réagirent avec indifférence. Rovo ne pouvait pas être trop choqué par cela. En tant qu'aîné, il avait disparu pour son affectation à la station spatiale de DefenseCorp au-dessus de Tau il y a des années et avait manqué une grande partie de leur vie.

Pour elles, Rovo était probablement déjà une figure fantomatique. Quelqu'un qui apparaissait une fois par an, qui ne disait rien de son travail — presque toutes les communications que Rovo traitait étaient sous sceau de sécurité — et n'avait plus de lien avec leur ville, leur planète.

— Donc tu vas aller mourir quelque part loin d'ici, ne plus jamais nous revoir, pour quoi ? dit finalement son père.

— Parce que je ne peux plus faire ça, dit Rovo, éteignant l'enregistreur de DefenseCorp qu'il avait posé sur la table avant le discours. Je ne peux pas rester assis dans cette station à lire des messages toute la journée, tous les jours, jusqu'à ce que je meure dans quelques siècles.

— Oh oui, pauvre de toi, dit sa mère. Rovo admirait la façon dont ses parents pouvaient sans effort se relayer dans leurs réprimandes, chacun enfonçant ses propres clous. Un travail si terrible que tu as, avec la sécurité, le loyer gratuit là-haut. La plupart d'entre nous sur Tau doivent se battre pour empêcher les robots de prendre nos places, mais toi, tu es trop bien pour ça.

— Oui, mère, je suis trop bien pour ça. Rovo avait déjà décidé de cette approche. Défendre sa vie, ses désirs. DefenseCorp m'a autorisé à faire ça, et je vais accepter leur offre.

— Donc tu échanges ta famille contre de l'argent, dit son père.

— Je vis ma vie.

À part ses sœurs, aucun d'entre eux n'avait encore touché au repas impeccable. Ils le fixaient tous, silencieux.

Puis une masse noire vert foncé tomba dans l'assiette de Rovo, en plein centre. La sauce éclaboussa. Rovo cligna des yeux. D'où cela venait-il ? Il leva les yeux, mais ses parents n'avaient rien remarqué. Ses sœurs continuaient de manger, enfournant des fourchettes pleines de spaghettis dans leur bouche comme si elles avaient été affamées. Ses parents fixaient leurs propres assiettes, le regard vide.

— Maman ? demanda Rovo alors qu'une autre masse moisie tombait d'en haut et s'écrasait au milieu de la table.

Elle ne répondit pas, et Rovo leva les yeux vers le plafond de verre et ce beau ciel. Une moisissure bouillonnante recouvrait maintenant le verre. Des vrilles descendaient vers lui, s'étirant et ressemblant à des tornades vivantes alors qu'elles tourbillonnaient. Rovo essaya de se lever, de s'éloigner de la table, mais il ne pouvait pas. Il sentit une boue froide sur ses pieds, ses bras, le clouant à la chaise. Rovo regarda à nouveau ses parents, essaya d'ouvrir la bouche pour appeler à l'aide, mais la moisissure avait aussi trouvé son chemin là, rampant sur son visage, dans sa bouche. Le noir tomba sur ses parents, les recouvrant.

Ses sœurs continuaient de manger, même lorsque la moisissure envahit leurs corps, alors qu'elle recouvrait les yeux de Rovo et le plongeait dans l'obscurité.

Les yeux de Rovo s'ouvrirent brusquement et il vit du sang, en goûta. Au-dessus de lui, à travers sa visière maculée de rouge, il y avait des lumières industrielles, pas un ciel couvert de moisissure. Bien que ces lumières semblaient vraiment floues. De la fumée. Une fumée épaisse. Mais quand Rovo respira, il n'en inhala aucune. Son cœur battait, et bien qu'il goûtât le filet de sang qui coulait dans sa bouche, Rovo pouvait l'ouvrir. Pouvait bouger ses bras et ses jambes.

— De retour parmi nous ? demanda Aurora, son visage entrant dans son champ de vision. Première fois que tu te fais électrocuter ?

Rovo hocha péniblement la tête, un geste faible mais tout ce qu'il pouvait faire.

— Gregor t'a sorti de ce trou, continua Aurora. Il est en feu maintenant, et j'ai besoin que tu bouges pour qu'on ne brûle pas.

— D'accord, je... je me lève, dit Rovo, mais Aurora s'était déjà éloignée.

La recrue se redressa en position assise, essayant de comprendre ce qu'Aurora venait de lui dire, et se retrouva nez à nez avec la créature voûtée, aux yeux de glace et couverte de boue qui avait guidé Rovo jusqu'ici. La technologie de choc était conçue pour tirer quelqu'un de son inconscience avant qu'il ne se réveille naturellement. Un truc qui frappait fort, et pas sain. Que Rovo ait dû en faire l'expérience était dû à ce type juste là. Rovo chercha son pistolet, mais ne trouva qu'un étui vide.

Puis des bras puissants soulevèrent Rovo jusqu'à ce qu'il se tienne debout, regardant Felix.

— J'ai dit bouge-toi, lança Aurora derrière Rovo. Gregor est déjà parti s'assurer que le couloir est dégagé.

— Mais cette chose, c'est elle qui m'a conduit... elle m'a poussé dedans !

— Bleu, quand je te donne un ordre, j'attends que tu obéisses. Aurora pointa Rovo vers la porte, loin de la fumée. Vas-y.

Rovo lança un dernier regard noir à l'homme-champignon, mais partit. Aurora semblait être une leader qui tolérerait une question ou deux, mais quand il était temps de foncer, les autres opinions n'étaient pas une option. Au lieu de cela, Rovo suivit Gregor, désarmé et son armure grinçant à chaque pas. Il épousseta les restes de moisissure et se demanda s'il avait pris la bonne décision, ou si cela le ferait tuer, comme son père l'avait prédit.

Ce rêve. Il avait été si proche de la réalité. Si proche. S'il mourait, est-ce là qu'il irait ?

Rovo vit Gregor pas loin devant, à l'intersection des trois couloirs. Il se demanda si Gregor pensait parfois à ce qui arriverait quand il mourrait. Peut-être irait-il dans un pays fantastique où Gregor pourrait balancer son marteau toute la journée.

Tandis que Rovo regarderait la moisissure dévorer sa famille encore et encore.

31

LE PLAN MAÎTRE

Aurora entraîna Felix avec elle en quittant la grande salle en flammes. Elle ferma la porte. Soit la base trouverait un moyen d'éteindre l'incendie, soit elle n'y arriverait pas. Ce n'était pas le problème d'Aurora, mais c'en était certainement un pour Felix.

L'homme fongique ne résista pas tandis qu'Aurora le traînait, sa main gauche tirant sa masse spongieuse le long du couloir. Bien qu'il ait été bavard auparavant, Felix était maintenant silencieux, ayant révélé ses secrets et s'étant placé fermement à la merci de Sever. Une capitulation qu'Aurora aurait considérée avec un mépris impitoyable, si ce n'est qu'elle avait déjà tant méprisé Felix qu'en rajouter semblait superflu.

Exploitation. Le mot résumait assez bien à la fois Felix et Dynas. Un monde marécageux délaissé, rendu facile à transformer grâce à sa vie aquatique par des déversements massifs de semences, et suffisamment éloigné du trafic galactique pour le faire avec une interférence minimale.

Qui se soucierait assez pour payer un nouveau monde si

loin ? Felix l'ignorait, mais quels qu'ils soient, ils ne désiraient pas Dynas elle-même. Ils voulaient tous les autres mondes, ceux laissés de côté parce que leurs atmosphères n'étaient pas assez bonnes, leurs biosphères trop hostiles, ou pour toute autre raison qui inversait l'équation profit/perte et les privait de colonisation corporative.

Terraformer des planètes coûtait cher et prenait la majeure partie des quelques siècles d'une vie. Transformer une personne... Aurora devait imaginer que cela pouvait se faire beaucoup plus rapidement. Il y aurait beaucoup d'accidents en chemin, mais si on voulait exploiter des ressources en quelques décennies au lieu de siècles, il fallait adapter les gens à la planète. Dynas devenait l'incubateur. Felix et presque tous les autres ici, les cobayes. Des preuves de concept.

Lancer une ville centrale sur Dynas pour les tests initiaux, puis envoyer les sujets viables vers des zones de contrôle où ils pourraient être surveillés. Perfectionnés et contrôlés. Ensuite, une fois qu'on avait un spécimen viable qui conservait toute son intelligence humaine mais avec les attributs physiques pour survivre sur une nouvelle planète, on en fabriquait d'autres. On les manufacturait, en réalité. On exploitait les désespérés, on les attirait loin de chez eux avec des mensonges et des offres, et on les abandonnait aux expériences. Le profit potentiel d'un seul succès rendait tout l'investissement facile à justifier, terrible à reconnaître.

— Pourquoi es-tu différent des autres ? demanda Aurora en traînant Felix. Le seul trou dans l'histoire de Felix provenait de son propre rôle, comment il avait réussi à avoir autant d'influence sur la base alors qu'il était, de son propre aveu, l'une de ces expériences. Si on peut même les appeler ainsi.

— La chance, marmonna Felix, humide et pâteux. La loterie génétique. Je ne sais pas. Pour notre groupe, ils nous ont amenés ici si nous vivions plus d'un mois après la première infection. Pour que nous ne soyons pas contaminés par autre chose.

Plus loin, à la triple intersection des couloirs, Gregor et Rovo montaient la garde. Alors qu'Aurora approchait, elle leur fit signe d'avancer. Des éclaireurs contre quiconque pourrait rester ici. Les choses s'étaient calmées depuis qu'ils étaient montés chercher Felix, et Aurora se demandait si Sai et Eponi avaient tué ou attiré tous les autres gardes ailleurs. Le fait qu'aucun membre de Sever ne se soit encore montré l'inquiétait, mais sans aucun corps, elle supposerait qu'ils étaient vivants.

— Une fois ici, tu restais dans une de ces salles en bas ou dans une cellule plus petite pendant qu'ils te surveillaient. Tout le temps à piquer, sonder, mesurer, balbutia Felix. Il avait commencé à bouger par lui-même maintenant, mais assez lentement pour qu'Aurora continue de le tirer. Quand ça te prend, et ça prend presque tout le monde, éventuellement, je ne sais pas si je peux le décrire.

— Ça a l'air affreux.

— Oui. Mais ça se ressent différemment. Comme grandir, peut-être. Où tu ressens de nouvelles choses, mais tu restes toi-même ?

— Tu ne me convaincs pas que ce que tu as traversé est une puberté 2.0.

— Non, mais nous ne sommes pas morts. Ce que tu as brûlé là-dedans, c'étaient mes amis. Des gens avec qui j'étais venu ici, avec qui j'avais souffert, espéré.

Aurora s'arrêta. Elle poussa Felix contre le mur du couloir, mit sa main droite sur son pistolet mais ne le sortit pas. — Tu as traîné Rovo dans cette salle. Tu nous as piégés,

Gregor et moi. Tout ça est de ta faute. Alors arrête de geindre et continue de parler. Peut-être que tu trouveras une raison pour qu'on te laisse vivre.

De l'argent en quantité copieuse suffirait, et si Felix avait raison à propos d'une opération de cette envergure, DefenseCorp paierait à Sever des tonnes d'argent pour les contrats que DefenseCorp obtiendrait pour nettoyer ce gâchis. Mais Felix n'avait pas besoin de le savoir, et s'il avait d'autres perles à offrir, Aurora voulait les entendre.

— C'est le problème qu'ils ont, dit Felix, Aurora le tenant toujours contre le mur, bien que l'homme fongique ne semblait pas effrayé. Ils nous changent par un virus, mais le virus veut se propager. Il veut continuer à grandir. Mon corps arrive à le contrôler, la plupart n'y arrivent pas. S'ils n'y arrivent pas, le virus les dévore à moins qu'il ne puisse trouver de nouveaux hôtes pour se propager.

— Il les dévorerait de toute façon. Aurora avait vu assez d'armes biologiques pour savoir qu'elles ne suivaient pas de règles simples. Vous nourrir à ces choses ne l'arrêterait pas.

— Que pouvons-nous faire d'autre que retarder la fin ?

Aurora roula des yeux, laissa tomber Felix au sol, — Devine quoi, Felix ? Ta fin est arrivée.

Un virus censé permettre aux gens de survivre dans des conditions défavorables, mais qui les transformait en réalité en bombes de maladie mourantes. Aurora pourrait proposer ça à DefenseCorp, et elle avait pris suffisamment de photos avec la caméra intégrée de son casque pour le prouver. Aucune raison de laisser Felix et son essaim biologique survivre, risquant d'infecter quelqu'un d'autre. Ce n'était pas ce que DefenseCorp les payait pour faire, mais un peu de charité occasionnelle envers l'univers aidait Aurora à dormir la nuit.

— Devrais-je protester ? dit Felix, s'attardant là où

Aurora l'avait laissé, mou et apathique. Je ne peux pas te battre. J'ai essayé, j'ai échoué. Donc tu as parfaitement le droit de me tuer.

— En effet.

Aurora, pourtant, ne tira pas. Elle gardait une oreille attentive à Gregor et Rovo alors qu'ils balayaient la zone vers l'ascenseur, le déclarant dégagé. Quelque chose dans la voix de Felix, son attitude générale, embrouillait sa colère.

— J'ai toutes les raisons, toute l'obligation morale de réduire cette base en poussière.

— Une base parmi tant d'autres. As-tu le temps, vivras-tu assez longtemps pour effacer notre souillure ?

— Il faut bien commencer quelque part.

— Alors peut-être ne devrais-tu pas commencer par moi. Par cet endroit.

Felix étendit ses bras de blob.

— J'y étais presque. Trois gardes étaient déjà tombés avant ton arrivée. Laisse-moi ça, mon petit sanctuaire dans le marais, et je te donnerai les codes de leurs systèmes. Tu pourras partir, retrouver tes amis, et me laisser avec les miens.

— Nos amis ? Tu mentais ?

— Seulement légèrement. Les deux autres avec qui tu es venue sont partis sur une embarcation il y a un moment. Je ne sais pas où ils sont allés, mais ils ne sont pas ici.

Aurora réfléchit. Faire confiance à Felix semblait être un mauvais choix, étant donné qu'il avait essayé de tous les tuer. Mais son histoire était plausible, et Felix devait savoir qu'il connaîtrait une fin rapide s'il essayait de les tromper à nouveau. Si elle laissait Felix en vie, Aurora pourrait toujours revenir plus tard avec une prime de DefenseCorp en main, tenir sa promesse antérieure et transformer Felix en scories pour un joli profit.

L'univers pouvait attendre.

— On prend du retard, dit Aurora. Parle pendant qu'on avance, Felix, et si tes informations sont bonnes, toi et ta maladie pourriez bien avoir le droit de vivre après tout.

32

LE MAÎTRE D'ÉPÉE

Les leçons ont commencé sur le large balcon, avant la chute. Ayami emmenait Sai là-bas chaque matin quand il était plus jeune, puis son adolescence l'a éloigné de sa mère jusqu'à ce matin-là, alors que la nouvelle se répandait que les choses n'allaient pas très bien pour Vitas, le monde-cité qu'ils appelaient leur foyer. Les émeutes et l'anarchie se développaient à mesure que ceux qui en avaient les moyens fuyaient la planète et que ceux qui n'en avaient pas la brûlaient. Ayami et Sai, coincés au milieu, devaient se débrouiller seuls.

Ayami posa la lame dans son fourreau sur une petite table en verre, l'arme assez longue pour dépasser le bord de la table et projeter une ombre sur le sol de pierre blanche. Le soleil d'aujourd'hui — par souci de simplicité, Sai avait appris que la plupart des mondes humains appelaient leur étoile nourricière « soleil », quel que soit son nom technique — se levait sur ce qui aurait été une belle matinée à travers la cité couvrant le monde, si ce n'était pour la fumée noire s'élevant parmi les tours de Vitas.

— Est-ce que ça vient du mur ? demanda Sai.

L'épée avait été accrochée là toute sa vie, couronnant une étagère empilée contenant des objets de famille, des photos non numériques et d'autres reliques qui méritaient une place de choix dans leur petit foyer. La voir maintenant suscitait suffisamment de curiosité pour tuer la méfiance générale de Sai envers tout ce que sa mère souhaitait lui faire faire ces jours-ci. Toujours des corvées, toujours se préparer pour l'avenir, comme si Vitas allait survivre à cette crise et continuer comme avant. Comme si Sai allait suivre ses traces et s'asseoir devant un ordinateur chaque jour pour toujours.

— C'est bien ça, répondit Ayami. Bien qu'elle n'y reste pas toujours. Prends-la.

Observant sa mère, se demandant où était le piège, Sai souleva l'épée de la table à deux mains. Légère, mais avec suffisamment de poids pour se sentir solide. Sai tenait le fourreau des deux mains, le berçant comme un cadeau.

— Prends le fourreau dans ta main gauche, saisis-le ici. Ayami mima l'endroit, et Sai copia son geste. Maintenant, dégaine la lame. Doucement.

Sai s'exécuta, sentit le métal glisser le long d'un fourreau fait sur mesure. Il coinça la lame deux fois à la première tentative — les katanas, s'avéra-t-il, n'étaient pas malléables — mais réussit à dégainer avec un geste ample. La lame argentée captait la lumière du soleil, et alors que Sai regardait le long de son tranchant, il put lire des noms, une ligne de la pointe à la garde, se terminant par celui de sa mère.

— Tu ajouteras le tien, quand tu seras prêt, dit Ayami, observant son fils.

— Quand est-ce que ce sera ?

— Dans longtemps, répondit Ayami. Maintenant, laisse-moi te montrer comment la tenir pour ne pas te blesser. Tu peux être un imbécile avec tes études et t'en sortir, mais tu ne peux pas être un imbécile avec ça.

Sai ne pouvait pas lire les noms le long de la lame dans la pièce sombre aux teintes violettes, mais il les connaissait tous par cœur. Le katana, maintenant, portait de multiples traces de meurtres, leurs restes le recouvrant lui et Sai. Ce qui avait été un trio était devenu une douzaine, et d'autres continuaient d'affluer par les ascenseurs dans le sol ; des plateformes qui tombaient et remontaient en apportant plus d'ennemis délirants et avides.

Alors que le groupe initial semblait aussi perdu que des zombies de vieux films, les nouveaux arrivants étaient plus cohérents. Ils se tenaient à l'écart des coups de Sai, choisissant de casser des branches des obstacles et de les lancer, ou d'utiliser d'autres objets comme massues improvisées. Ils lui criaient dessus aussi, avec des bribes proches d'avoir un sens, mais la plupart se perdaient dans des gargouillements aqueux ou des halètements rauques. Ils avaient peut-être été humains autrefois, mais s'étaient transformés en créatures déchues.

Chaque coup de katana sapait légèrement la force de Sai, et ses bras brûlaient alors qu'il séparait une tête noir de cendre d'une autre créature qui s'était trop approchée. Son casque émit un bip d'avertissement par derrière, et Sai s'accroupit, inversa sa prise pour que le katana pointe derrière lui, et poussa ses mains en arrière, enfonçant profondément la lame. Une secousse vers l'avant la retira, le katana s'accrochant à un os pendant une fraction de seconde.

Quatre de plus, deux bleus, deux verts, comme Sai avait commencé à les appeler, convergeaient de face. Mis à part les créatures, le trou béant dans le toit de la pièce et ses innombrables obstacles étaient restés les mêmes. Aucune porte ne présentait d'issue, aucune demande de reddition n'était venue des propriétaires de la tour. Sai supposait que quelqu'un devait lui envoyer ces hordes, mais qui ? Et pourquoi ?

Et cela continuerait-il jusqu'à ce que Sai ne puisse plus soulever l'épée ?

Cette pensée ne l'enchantait pas, alors que les quatre plus proches s'approchaient de lui, Sai balança la lame par-dessus son épaule et la glissa dans le même fourreau que sa mère avait posé sur la table toutes ces années auparavant, maintenant boulonné à son armure. Sai partit vers la droite, utilisant un arbre fluet pour gagner de la distance alors qu'il avançait lourdement sur les carreaux violet-noir. Sa poursuite changea pour le suivre, tournant avec des pas mal assurés. Des clics et des carillons retentirent alors que d'autres ascenseurs arrivaient, transportant encore plus de monstres. Sai aurait pu s'attendre à ce que la tour ait une réserve illimitée de robots, mais des personnes ?

Alors que Sai courait vers le mur de droite, il tendit la main vers sa poitrine et déboucla une mine, n'en laissant que deux restantes. Il lança la mine derrière lui, vers les créatures, et plongea en avant, se roulant en boule. Généralement, Sai adorait les explosions. Il appréciait l'onde de choc qui venait d'un dispositif bien placé, et la destruction béante qui s'ensuivait. Aucune de cette joie ne venait d'être juste à côté de la bombe au moment où elle explosait.

La mine explosa avec une force frénétique, les carreaux conduisant la secousse ondulante comme des fils électriques et secouant Sai contre le sol même alors que les vagues chaudes cascadaient sur son armure. Sai cligna des yeux pour obtenir un rapport d'état, et son armure lui répondit que les conditions étaient fonctionnelles, bien que ses propulseurs de bottes aient subi des dommages dus aux éclats. Pas un excellent résultat, mais maintenant, avec un peu de chance, Sai avait un moyen de sortir.

Il se redressa, se leva et compta sept autres choses rampant vers lui depuis les bords les plus éloignés de la pièce. Sai vit aussi que sa mine, tout en carbonisant une large bande sur le sol, n'avait pas réussi à creuser ne serait-ce qu'une cuillérée de carrelage pour que Sai puisse s'échapper. L'expert en démolition ne se frayerait pas un chemin hors d'ici en faisant sauter les choses.

Sai inspira profondément, se résigna à l'inévitable et dégaina à nouveau son épée. Le katana de sa famille, avec lui jusqu'à la fin. Poétique, supposait Sai. Il espérait que quelqu'un filmerait ce dernier combat, le diffuserait sur le réseau galactique pour que sa famille puisse voir ce qui lui était arrivé. Qu'il était tombé en se battant.

Une lumière jaillit sur sa gauche, le long du mur proche. Vive, le casque de Sai et ses propres pupilles mirent une seconde à s'adapter à l'éblouissement, à distinguer la silhouette debout dans l'embrasure comme étant celle d'Eponi. Toujours sans son armure, bien que portant des vêtements différents, elle était vivante. Elle lui fit signe. Elle lui cria quelque chose.

— Quoi ? lui cria Sai en retour, commençant à aller dans sa direction.

— Allez, viens ! dit Eponi. Arrête d'être si lent !

Typique d'elle de continuer les insultes, même maintenant. Sai se mit à courir, distançant ses poursuivants avec l'aisance d'un adulte échappant à une nuée de bambins. Ces choses n'étaient effrayantes que si l'on ne pouvait pas s'enfuir. Eponi s'écarta lorsque Sai atteignit la porte, alors qu'il se précipitait dans la pièce suivante. Au moment où il passa sous le seuil, la porte se referma brusquement derrière lui, le séparant des ennemis.

Et le piégeant avec bien d'autres.

Attendant dans la pièce, fusils levés, il y avait au moins une douzaine de gardes. Ils encerclaient Sai, et alors qu'il se tournait vers Eponi à sa droite, commençant à demander ce qui se passait, son casque émit une alarme. Une autre menace, sur sa gauche.

Sai ne vit jamais ce qui le frappa.

33

LE PUNCHEUR DE COMÈTE

Aurora a interrogé Gregor sur le design après qu'il l'ait exécuté tous les jours pendant un mois. Gregor n'avait pas construit un scénario compliqué — il manquait à la fois de compétence et de motivation pour cela — mais plutôt une série de couloirs sinueux avec des couloirs et des portes surgissant pour que ses démons les utilisent, pour qu'ils apparaissent au fur et à mesure que Gregor avançait et les écrasait. Le programme avait construit la majeure partie, en réalité, en utilisant les données des images fournies par Gregor, des photos et des vidéos de sa maison. Les simulateurs étaient vraiment doués pour extraire les détails et les modéliser dans un espace virtuel. Gregor pouvait enfiler la combinaison de simulation et entrer dans Snowball, puis la détruire.

C'était ce dernier élément, la réduction progressive de la maison de Gregor en ruines, qui avait été signalé et rapporté à Aurora. Elle l'a fait asseoir tard une nuit — un cycle jour-nuit programmé existait pour des raisons psychologiques sur le *Nautilus* — a versé du whisky distillé sur le *Nautilus* dans des verres, et a demandé à Gregor s'il avait perdu la tête.

— C'était une envie que je voulais assouvir, a dit Gregor, avalant son verre d'un trait. Le whisky avait un goût de vieux fer.

— DefenseCorp n'apprécie pas vraiment les pulsions homicides sauvages envers sa propre maison, a répondu Aurora. Ça ferait mauvais genre si quelque chose comme ça venait à se savoir. Les clients pourraient penser que DefenseCorp est pleine de bombes à retardement comme toi, prêtes à exploser.

— Tu penses que je suis une bombe à retardement ?

Trois missions ensemble, trois depuis que Gregor avait rejoint Sever. Toutes avaient été sanglantes, toutes avaient entraîné des destructions justifiées et injustifiées. Toutes les trois étaient considérées comme réussies.

— Tu as gardé le marteau, a dit Aurora en sirotant sa propre boisson, la savourant avec le détachement de quelqu'un qui pouvait apprécier n'importe quoi, peu importe à quel point c'était terrible. Pourquoi ?

— C'est efficace.

— Pas parce que tu veux assassiner ta ville natale avec ?

— Je ne peux pas y retourner, a dit Gregor. Il a pris le verre, fixé son vide, jusqu'à ce qu'Aurora sorte la bouteille de son sac et le remplisse à nouveau. DefenseCorp ne me reprendra pas.

— Alors tu la détruis virtuellement à la place.

— Thérapie.

Aurora a hoché la tête.

— Alors fais-moi une faveur. Espace un peu les choses. Limite la destruction de Snowball à une fois par semaine, et je tiendrai la paperasserie loin de toi.

Gregor a laissé le bleu prendre à nouveau la tête alors

qu'ils balayaient le chemin de retour vers les ascenseurs. Il aurait dû y avoir une forte résistance à ce stade, mais ils n'en ont rencontré aucune. Même les corps laissés par les rencontres précédentes, comme l'ensemble qu'Aurora et Gregor avaient écrasé lors de leur retour initial par l'ascenseur, avaient disparu. Des taches subsistaient, mais aucune autre preuve. Debout au milieu de ce qui aurait dû être un site macabre, Rovo a regardé Gregor et a écarté les mains.

— Je ne sais pas, a répondu Gregor au geste. Ils devraient être ici.

Aurora et Felix sont arrivés derrière eux, formant un groupe de trois mercenaires en armure et un mutant malade. Pas exactement la composition que Gregor voulait, mais ça suffirait.

— Je ne pensais pas qu'ils partiraient vraiment, a dit Felix en voyant les taches.

— Que veux-tu dire ? lui a demandé Gregor.

— J'ai passé un marché, a répondu Felix. Je leur ai dit qu'on vous dévorerait tous en échange de la paix. Ils pensent qu'on va mourir de toute façon ici, alors ils sont partis.

— Pourquoi te feraient-ils confiance ? a dit Aurora.

— J'étais l'un d'eux, vous vous souvenez ? Felix s'est dirigé vers l'ascenseur et a appuyé sur le bouton d'appel. Ce n'est pas parce que j'ai cette apparence que ma façon de penser a changé.

Gregor observait Aurora, attendant le signal. Il pouvait écraser Felix maintenant, et cela ne prendrait pas plus d'une seconde d'effort. Sa commandante n'a pas donné le signe. Elle a attendu que l'ascenseur s'ouvre, puis Aurora leur a ordonné d'y entrer.

— Tu le laisses en vie ? a demandé Rovo alors que Gregor entrait dans l'ascenseur. Comment ? N'est-il pas l'ennemi ?

— Suis les ordres, a dit Gregor. Bien qu'il voulait entendre son raisonnement, les commandants dignes comme Aurora méritaient que leurs ordres soient obéis sans hésitation. Les questions pouvaient venir plus tard, en privé. Entre.

— Non, a répondu Rovo, alors que Felix se tournait entre lui et Aurora. Pas avant que je comprenne pourquoi on ne le tue pas pour ce qu'il m'a fait. Pour ce qu'il a essayé de te faire.

— Parce qu'il va mourir de toute façon, a dit Aurora. Felix s'est acheté du temps en me donnant les codes du tram. Sans eux, on serait coincés ici. DefenseCorp ne le laissera pas vivre une fois qu'on leur aura dit ce qui se passe de toute façon.

Le bleu a lancé un regard noir à Felix.

—J'imagine que c'est ce que tu mérites.

— Le bleu. Maintenant. Gregor a frappé le marteau contre ses mains pour insister, et Rovo a compris l'allusion, entrant dans l'ascenseur.

Aurora les a rejoints et, avec Felix affichant un sourire froid, les portes se sont fermées.

— Comment sais-tu qu'il ne te ment pas ? a demandé Rovo alors que l'ascenseur commençait sa descente.

— C'est possible, a répondu Aurora. Si les codes ne fonctionnent pas, on reviendra l'écraser. S'ils marchent, alors Felix paiera le prix plus tard.

— Concentre-toi, le bleu, a dit Gregor. La vengeance est une distraction.

Rovo resta silencieux après cela. L'ascenseur atteignit le sous-sol et tous les trois se dirigèrent vers le tram. Ils montèrent à bord, et Aurora entra les codes dans la console à l'avant du tram. Gregor prit place là où il aurait la meilleure vue tandis que le tram reculait sur la voie.

Une bonne occasion de repérer le danger avant qu'il ne frappe.

Quand le mag-lev commença à bourdonner, Gregor put sentir la vibration. La traction se stabilisa assez vite, et lorsque le tram commença à s'éloigner, la sensation disparut complètement. Comme s'ils flottaient, le tram les emporta dans un long tunnel menant vers l'inconnu.

Les simulateurs reproduisaient parfaitement la chambre de Gregor. L'espace exigu ne servait qu'à dormir et peu d'autre chose, et il le partageait avec son frère, qui travaillait pendant son quart opposé. Gregor se leva, quitta la pièce et entra dans une résidence standard de Snowball. Un cercle, assez grand pour une table centrale, un canapé face à l'écran mural, et, en face de l'écran, les machines imposées par l'entreprise, prêtes et disposées à échanger des salaires contre de la nourriture, des boissons et des drogues désensibilisantes approuvées par l'entreprise qui empêchaient les résidents de Snowball de perdre la raison.

Gregor ne vit ni sa mère ni son père. La simulation pouvait créer des corps basés sur des profils, mais Gregor refusait d'intégrer les données de ses parents dans le programme. C'était une thérapie spécifique, pas un doux souvenir.

Il quitta la maison de son enfance par la porte arrondie, qui se glissa lentement dans son logement de droite comme une roue d'acier blanc. Au-delà, la construction hétéroclite de roche et de métal de Snowball mêlait la comète naturelle aux renforcements artificiels. Le simulateur ne reproduisait jamais tout à fait le froid intense de la comète, mais Gregor ne s'en plaignait pas de ne pas avoir à porter les vêtements épais nécessaires dès qu'on s'aventurait hors des sections chauffées. La simulation donnait cependant ces vêtements à tous ceux que Gregor voyait, les gens qui sortaient maintenant pour l'accueillir.

Gregor n'était pas programmeur, et il ne prenait pas le temps de raconter une histoire complexe. Chaque personne ici portait la même tenue de marque, le même logo d'entreprise cousu sur la poitrine. Bien que leurs visages différaient à travers un million de possibilités, tous arboraient des grimaces de colère, des yeux plissés et des poings serrés. Les résidents virtuels de Snowball voulaient Gregor mort, et ils l'attaquaient avec un abandon sauvage. Gregor leur rendait la pareille, se frayant un chemin violent à travers les couloirs de Snowball avec ses poings, son marteau et, à l'occasion, sa tête. Chaque impact semblait réel, chaque soldat de l'entreprise abattu faisait encore un peu battre son cœur.

Le simulateur permettait à Gregor de jouer un passé qu'il aurait souhaité vivre, et Gregor s'y complaisait.

À la toute fin, le programme commençait à s'éloigner davantage de la réalité. Gregor n'avait pas accès aux plans de Snowball, ne connaissait pas chaque pièce, alors qu'il se battait de plus en plus loin à l'intérieur des bureaux de l'entreprise, les choses devenaient plus variables, plus étranges. Des pièces trop grandes pour exister dans les cavernes d'une comète apparaissaient, tout comme des équipements pour des industries que Snowball ne pourrait jamais soutenir, comme l'élevage de bétail ou la construction de vaisseaux spatiaux. Le programme les choisissait au hasard, et au début, Gregor s'arrêtait toujours là, se forçant à en sortir. Il avait depuis décidé de considérer ces bizarreries comme des preuves supplémentaires que l'entreprise ne savait pas ce qu'elle faisait, qu'elle n'était pas seulement mauvaise, mais stupide.

La dernière pièce, avec la nébuleuse rose-bleu-violet infinie à l'extérieur de la fenêtre, ne contenait qu'une personne. Un homme qui n'était pas du tout aussi haut placé dans la hiérarchie de l'entreprise, mais qui, néanmoins, avait forcé Gregor à quitter Snowball. Qui avait arraché Gregor à sa famille à cause d'une bagarre de bar qui avait mal tourné. De toutes les personnes dans la simulation, Dawes était le seul que Gregor avait construit. Des impressions superposées les unes aux autres pour créer le minable odieux et prétentieux que Gregor pouvait détruire avec une satisfaction sans fin.

Ils s'affrontaient dans une pièce claire, avec seulement les fenêtres donnant sur la nébuleuse. Peu pratique dans la réalité, parfait pour le fantasme. Mille fois Gregor avait détruit Dawes dans cette pièce, et cette fois ne serait pas différente. Dawes n'avait pas d'arme — le simulateur lui en donnait parfois une — alors Gregor jeta son marteau de côté pour que ce soit équitable.

Gregor attaqua le premier, se précipitant vers le sourire suffisant, prêt à mettre Dawes à terre avec sa large épaule. Dawes, cependant, esquiva sur le côté. Il passa en courant devant la charge de Gregor pour retourner à l'entrée de la pièce, là où Gregor avait jeté le marteau. Dawes le ramassa alors que Gregor se retournait, et tandis que Gregor essayait de comprendre ce qui se passait — le simulateur n'avait jamais été aussi intelligent — Dawes courut vers lui, le marteau levé. Gregor tenta de s'avancer, de passer sous le coup de Dawes, mais l'homme semblait savoir ce que Gregor allait faire et balança le marteau dans un mouvement latéral, atteignant Gregor aux côtes et l'envoyant s'écraser au sol. Avant que Gregor ne puisse réagir, Dawes se tenait au-dessus de lui, le marteau prêt. Cette fois, Dawes n'ajusta pas son coup.

— La vengeance est une distraction, dit Aurora lorsque le simulateur éjecta Gregor. Elle se tenait à l'extérieur de la machine, l'air à la fois ennuyé et satisfait. Si tu veux continuer à jouer ton petit spectacle, tu vas devoir trouver comment le battre.

Gregor y parvint, et puis la fois suivante, Dawes frappa plus fort, bougea plus vite. Chaque fois que Gregor battait Dawes, la version suivante était plus coriace, et Gregor passait plus de temps dans le simulateur, l'étudiant, jusqu'à ce qu'il apprenne. Dawes serait toujours là, prêt et en attente, mais Gregor avait choisi de lui donner vie. Choisi de s'obséder.

Au lieu de cela, il avait supprimé le programme. Plus de Dawes. Plus de distractions.

34

MAUVAIS MARCHÉS

Les pilotes volaient sous contrat. Des accords conçus pour leur garantir une certaine assurance de paiement, une assurance accident avant qu'ils n'envoient leur corps filer à travers les étoiles. Au début, quand Eponi se frayait un chemin dans les bas-fonds, pilotant des aéroglisseurs pour des bourses bien loin de son actuel salaire chez DefenseCorp, les contrats étaient de simples pages uniques : quelques lignes déclarant que le sponsor n'était pas responsable des dommages causés à la personne d'Eponi ou à quoi que ce soit d'autre. Signez ici, encaissez l'argent, passez à autre chose.

À mesure qu'Eponi s'élevait vers des ligues plus importantes et prestigieuses, avec des événements qui attiraient plus que les ivrognes déjà présents au bar du circuit, les contrats se sont multipliés. Ils couvraient désormais des saisons entières plutôt qu'une seule course, promettaient des équipements complets, des équipes et du transport en échange des compétences d'Eponi et de sa volonté de se mettre autant que possible devant les caméras. Construisez la marque, disaient les contrats, et vous serez récompensée. Une fois qu'elle avait fait cela, Eponi s'était retrouvée convoquée par le patron de sa compagnie, basée dans le système solaire. La Terre était là, visible dans le ciel.

Pas qu'Eponi y ait mis les pieds. Elle n'avait jamais eu ce genre de renommée, ce genre d'argent.

Néanmoins, elle s'était retrouvée assise face à quelqu'un infiniment plus puissant et, à l'échelle galactique, plus important qu'elle, à se battre pour un accord équitable. Elle savait négocier. Même si le contrat ne l'avait pas sauvée, au final, pendant un temps, cela avait suffi.

Eponi avait trouvé son chemin à travers le niveau, s'était approchée de la pièce où Sai s'affairait à hacker les créatures, et avait découvert que la seule entrée était couverte de gardes. Ils portaient tous les combinaisons intégrales qu'Eponi avait vues sur tous les gardes de Dynas, et après avoir été témoin des maladies qui se propageaient parmi ceux qui n'en portaient pas, Eponi en avait conclu que le tissu avait moins à voir avec les assauts ennemis qu'avec les attaques de nature bactérienne. Quant à savoir pourquoi certains des gardes à la base n'avaient pas de combinaison, comme celui qu'elle avait projeté à travers la fenêtre à l'entrée, Eponi ne pouvait le dire. Peut-être qu'ils étaient déjà infectés, peut-être qu'ils s'en fichaient. Peut-être que la maladie n'allait pas si loin.

Quoi qu'il en soit, la voie simple pour sauver Sai était bloquée. Eponi avait déjà décidé de sauver son ami, donc reculer maintenant n'était pas une option — les pilotes devaient s'en tenir à une trajectoire une fois engagés, douter menait au crash — mais elle ne pouvait pas non plus se frayer un chemin en combattant une douzaine de gardes. Ce qui signifiait une négociation.

— Sauvez-le, dit Eponi, haut et fort au groupe armé qui

surveillait Sai sur des écrans à côté de la porte. Ne le laissez pas mourir.

Un garde, arborant un quatuor de triangles bleus sur ses épaules, s'avança devant tous les autres aux mots d'Eponi, la dévisagea, et tout ce qu'Eponi put faire fut de répéter sa demande à ces yeux couverts de noir et ce visage caché.

— Qu'est-ce qu'il est pour toi ? répondit le garde.

— Un ami.

Ces mots poussèrent les autres gardes à lever leurs fusils, à les pointer sur elle, mais le chef leva une seule main. Eponi jeta un coup d'œil autour, s'assura qu'aucun des gardes n'était sur le point de tirer, puis continua.

— On nous a envoyés ici pour trouver quelqu'un. Notre aéroglisseur s'est écrasé par accident.

Eponi ne mentionna pas les gardes morts, les autres à la base. Ça ne semblait pas judicieux.

— Ce n'est pas une raison de le sauver, répliqua le garde. C'est une raison de le tuer.

— Et si on pouvait vous aider ? répondit Eponi. Nous ne sommes pas les seuls à venir ici.

— Parle, alors.

— Pas avant que vous ne le fassiez entrer.

Le garde resta immobile. Sans doute en train de faire des calculs dans sa tête. Eponi pouvait dire la vérité, auquel cas tuer une bonne source d'informations serait un choix terrible, ou elle pouvait mentir, auquel cas ils pourraient simplement la tuer plus tard.

— Vous n'avez rien à perdre, insista légèrement Eponi. Je suis désarmée. Il ne va pas se battre contre vous tous.

Eponi n'était pas sûre de ce dernier point, mais elle devait essayer.

— Tu veux qu'on sauve ton ami ? dit le garde. Très bien. Alors fais-le venir ici. On s'assurera qu'il soit pris en charge, ensuite tu vas nous dire tout ce que tu sais. Si ce n'est pas très bon, alors on te tuera sur place.

— Marché conclu.

Puis ils avaient assommé Sai. Eponi les avait maudits jusqu'à ce qu'un des gardes menace de l'assommer aussi, alors elle s'était tue, suivant tandis qu'ils emmenaient Sai hors de l'antichambre de la pièce. Chaque fois qu'Eponi essayait de poser une question, de protester, un des gardes lui disait de la fermer. Ça ne l'arrêtait pas vraiment, mais ça ne lui apportait pas non plus de réponses.

Quand ils arrivèrent aux ascenseurs centraux, les gardes en appelèrent deux. Le premier s'ouvrit et, après avoir fait sortir tous ceux qui s'y trouvaient, les gardes traînèrent Sai à l'intérieur. Quand Eponi commença à le suivre, deux autres gardes la retinrent. Laissèrent les portes se fermer, laissèrent Sai disparaître.

— Tu vas tenir ta part du marché, dit un des gardes. Tu montes. On dirait que quelqu'un veut entendre ce que tu as à dire.

Cette personne, après que les gardes eurent conduit Eponi à travers un petit hall, passant devant un assistant au bureau qui l'observait avec une curiosité digne d'un zoo — un spécimen d'un autre monde ? — s'avéra être une autre personne en blouse blanche, bien que celle-ci soit bordée de triangles dorés au lieu de bleus ou argentés. La silhouette se leva lorsqu'Eponi entra dans la pièce hexagonale, chaque côté, sauf celui menant au hall, étant une fenêtre plutôt qu'un mur. Dynas, la lumière blanche de l'étoile diurne s'inclinant vers la nuit, s'étalait devant Eponi sur quelques kilomètres jusqu'à ce que la vue bute sur ce gaz jaune moutarde. Rien de clair au-delà.

Les autres gardes qui l'accompagnaient reculèrent, se glissèrent hors de la pièce, laissant Eponi — toujours dans son uniforme volé, bien que dépourvue de tout gadget — seule avec le nouveau protagoniste.

— On ne peut pas dire que vous ayez une belle vue d'ici, commença Eponi. Elle allait demander des nouvelles de Sai dans la seconde, mais elle voulait d'abord se faire une idée du fonctionnement de cette personne. Il fallait apprendre le métier avant de pouvoir voler. Dynas n'est pas une jolie planète.

La femme l'observait. Un bureau central, recouvert de plusieurs moniteurs qui se séparaient au milieu pour montrer deux chaises en acier sans caractéristiques particulières, constituait les seuls autres éléments de la pièce. Elle ne s'assit pas à sa place, mais arpenta plutôt l'extrémité de la pièce, gardant toujours les yeux sur Eponi.

— Euh, vous parlez ? demanda Eponi après plusieurs secondes de silence. Vous parlez le commun ?

Une question absurde, car personne ne pouvait commander une ville comme celle-ci sans parler la langue de tout le monde, mais que devait faire Eponi d'autre ? Rester plantée là ?

— Je parle, en effet, répondit la femme, sa voix d'un ton bas et musical. Je vous présente aussi mes excuses.

— Vos excuses ?

— Parce que vous et vos amis avez été envoyés ici pour mourir.

— C'est toute une déclaration.

La femme la fixait, du moins Eponi le pensait. Elle pouvait être en train de discuter via un transmetteur avec d'autres personnes en dehors de la pièce. Elle pouvait même être un leurre — Sever avait déjà vu ça, des leaders qui choisissaient un pigeon pour prendre les coups pendant qu'ils parlaient de derrière le rideau.

Eponi décida de prendre l'un des sièges, elle avait assez marché.

Au lieu de s'asseoir, Eponi fit glisser la chaise de gauche pour qu'elle soit directement orientée vers celle de droite, puis s'y étala. Elle laissa ses jambes reposer sur la chaise opposée, comme si cette conférence se déroulait dans une station balnéaire avec des margaritas plutôt qu'au sommet d'une tour maudite sur un monde damné.

— Que faites-vous ? dit la femme tandis qu'Eponi terminait son installation.

— Vous avez dit que nous allions mourir, répondit Eponi. J'ai pensé que je pourrais aussi bien profiter du moment.

— Je... pas immédiatement, dit la femme. Éventuellement. Ce que nous faisons ici va...

— Je sais. Des maladies. Vous fabriquez tous un tas de germes pour la guerre ou quelque chose comme ça. Je m'en fiche. Ce que je veux, c'est récupérer mon ami et un vaisseau pour nous faire quitter ce monde.

— Vous pensez pouvoir faire des exigences ?

Eponi pencha la tête en arrière, regarda autour du bord de la chaise vers la femme. — Absolument. Soit vous me donnez ce que je cherche, soit quand le reste de mes amis arrivera, tout ça explosera. Votre tour ? Disparue. La ville ? Disparue.

La femme rit, mais le son parut confus, une tentative de dissimulation. — Il vous faudrait une armée.

— Vous avez déjà entendu parler de DefenseCorp ? Si vous nous blessez, ils débarqueront en force. Je crois que l'expression est "les atomiser depuis l'orbite". Eponi tendit la main, inspecta ses ongles. Complètement abîmés après le crash du skiff. Soit vous me donnez ce que je demande, soit c'est fini pour vous. C'est aussi simple que ça.

Eponi avait vu Aurora lâcher la bombe DefenseCorp auparavant. Même si un seigneur de guerre ou un rebelle quelconque pensait avoir le dessus sur Sever, la menace de l'inévitable vengeance de DefenseCorp — DefenseCorp ayant depuis longtemps établi que laisser quiconque remporter une victoire sur ses forces serait mauvais pour les affaires, et ripostait à toute agression avec une extrême sévérité — avait tendance à faire cesser l'écume de rage des monstres et à les faire miauler comme des chiots.

Cette femme, cependant, ne saisit pas l'allusion comme prévu. Elle s'approcha plutôt d'Eponi et la regarda de haut, les mains ballantes le long du corps.

— Personne ne viendra vous sauver ici, âme perdue, dit la femme. Vous êtes au-delà de la frontière galactique, et la seule chose qu'il reste à faire est de tomber.

35

LE POURQUOI

Le tram glissait sans le moindre cahot, avec un bourdonnement régulier. Les parois étroites du tunnel n'offraient aucune vue. Rovo observait les murs, observait Gregor qui fixait ces mêmes murs, et observait Aurora qui les regardait tous les deux. Les sièges du tram restaient contre les côtés, laissant le milieu de l'engin libre pour, Rovo le soupçonnait, toute armure lourde, véhicule ou équipement prenant le trajet.

— Tu tiens le coup, le bleu ? demanda Aurora.

Quelle question. Il avait failli mourir plusieurs fois au cours des dernières heures, avait été pourchassé dans une base par des gardes hostiles et avait presque été dévoré par une bête bactérienne affamée. Mais Rovo n'était pas en train de hurler comme un fou, ne tirait pas partout avec son fusil, ni ne se recroquevillait en pleurant, alors...

— Oui ? tenta Rovo.

— En matière de missions d'infiltration, celle-ci n'est pas la plus facile, dit Aurora. La mienne était un simple assaut de vaisseau à vaisseau. On a éliminé un groupe de contrebandiers. Ils m'ont fait éjecter les survivants par leur propre sas.

— C'est... brutal.

Aurora se pencha en avant, un mouvement qui, dans son armure, impliquait tellement de pièces bougeant et s'emboîtant qu'on aurait dit qu'Aurora avait mille os brisés.

— DefenseCorp ne fait pas de publicité pour cet aspect, dit Aurora. Ils ne te disent pas que tuer devient une partie de ta vie quotidienne une fois que tu es dans une escouade comme Escouade Sever. Mais ils te testent, même quand tu n'y penses pas. Selon eux, tous ceux qui entrent ici sont des tueurs.

Rovo ne se souvenait pas combien de gardes il avait abattus avec son fusil lors de la ruée initiale vers la base, ni si les deux qu'il avait assommés dans le bureau étaient morts plus tard. Il avait peut-être déjà du sang sur les mains, mais, comme Aurora l'avait dit, il fallait être un tueur pour entrer dans Escouade Sever. Il ne dirait pas qu'il appréciait le sentiment de savoir qu'il avait éteint des vies, mais, du moins pour l'instant, cela ne pesait pas sur lui.

— Tu crois que je suis un tueur ? demanda Rovo à Aurora.

— Je pense que tu en es capable, ce qui est nécessaire, répondit Aurora. Quand tu commenceras à tuer pour le plaisir, c'est là que ça deviendra dangereux. Si tu risques la mission ou l'escouade parce que tu deviens trop assoiffé de sang, c'est là que ce sera fini pour toi.

— Je ferai attention à ne pas franchir cette ligne. Rovo regarda ses propres mains, comme si elles pouvaient lui dire où se trouvait cette ligne, à quel point il était proche de basculer dans la folie meurtrière. Il s'en était déjà approché une fois. Je ne comprends toujours pas pourquoi on a laissé Felix en vie ?

— Parce que la mission est prioritaire, répliqua Aurora. J'aurais voulu l'éliminer, après ce qu'il a fait, mais une partie de ce jeu consiste à comprendre pourquoi on y joue.

— Pourquoi on y joue ?

— Je ne sais pas pour toi, Rovo, mais je ne pourchasse pas des monstres sur des mondes lointains pour une noble cause. Je veux l'argent pour pouvoir partir, m'éloigner de tout ça, et ne plus jamais avoir à le faire. On termine la mission, on est payés. Aurora regardait droit devant elle, et bien que Rovo ne puisse pas vraiment distinguer ses yeux à travers sa visière, il crut qu'elle le regardait. Pourquoi es-tu ici, le bleu ?

Rovo avait de nombreuses raisons, mais elles se résumaient toutes à une seule : l'ennui. Ça semblait trop pathétique à dire.

— J'avais besoin de prouver que je valais plus, dit Rovo. Que je pouvais faire plus que remplir des paperasses, transmettre des mémos.

— Et tirer sur des inconnus sur Dynas en est la preuve ?

— Pas encore.

— Eh bien, quand tu auras compris ce qui l'est, tu pourras décider si laisser Felix en vie correspond à ton pourquoi, dit Aurora. Si ce n'est pas le cas, et qu'on a rempli la mission, tu peux essayer de revenir ici et finir le travail. Gregor pourrait même t'accompagner. Il a un faible pour la destruction.

— Tu penses qu'on va quand même réussir ? La mission ? Eponi et Sai ont disparu, et on ne sait même pas où ce truc nous emmène.

— Nous sommes vivants, Rovo. On a nos armures, la plupart de nos armes, et un ennemi qui ne sait pas qu'on arrive, répondit Aurora. Difficile d'imaginer un meilleur départ. Sai et Eponi sont soit vivants, et nous les sauverons s'ils le sont, soit ils ne le sont pas, et nous ferons en sorte que ceux qui les ont tués paient le prix.

— À moins que leurs tueurs ne vaillent plus pour vous s'ils restent en vie.

— Exact. Aurora ne semblait pas le moins du monde triste en faisant cette déclaration. Le pourquoi, Rovo. C'est ce qui compte le plus.

Le pourquoi. Bien sûr. Peut-être que Rovo en trouverait un plus profond avant de quitter Dynas.

S'il quittait Dynas.

Le pourquoi n'aurait pas beaucoup d'importance s'il ne le faisait pas.

L'Escouade Sever est partie secourir un VIP disparu. Maintenant, ils sont séparés, pourchassés et piégés sur une planète remplie de gens, et pire encore, qui veulent leur mort.

Poursuivez l'aventure de l'Escouade Sever dans *Frappe Helix*:

REMERCIEMENTS ET NOTE DE L'AUTEUR

Escouade Sever et sa joyeuse bande de soldats en quête de fortune sont nés en contrepoint à certaines de mes autres fictions. Ces histoires sont plus directes, plus axées sur l'action, une sorte d'exutoire entre des œuvres plus longues et plus complexes. Je considère *Escouade Sever* comme les blockbusters d'été par rapport aux films d'automne en lice pour les Oscars : très divertissants et un bon rafraîchissement du palais.

C'est aussi l'occasion d'élargir un peu mon écriture, d'aborder un genre légèrement différent et des personnages avec un passé différent de ce que j'ai fait auparavant. Il y a du plaisir à se déployer.

Bien que ce premier livre mette en place Aurora et compagnie, vous découvrirez que les suites les développent, élargissent leurs mondes d'une manière que je n'avais certainement pas prévue lorsque j'ai commencé cette série. Je suis impatient de voir où ils finiront, et j'espère que vous resterez pour le voyage.

Comme pour toute histoire, *Zone de Largage* a vu le jour grâce au soutien de ma famille et de mes amis, leur volonté incessante de me pousser en avant. L'un de ces amis, Joel, à qui vous verrez ce livre dédié, m'accompagnait à l'école dans nos années de maternelle. Nos journées passées à vivre des aventures dans les jardins et les collines boisées du nord du Wisconsin résonnent encore dans les paragraphes que j'écris aujourd'hui.

J'espère que vous apprécierez le reste d'*Escouade Sever*, et je vous retrouve après avoir tourné la page.

À PROPOS DE L'AUTEUR

A.R. Knight tisse ses histoires dans une maison glaciale à Madison, dans le Wisconsin, principalement occupée par deux chats. Après avoir été happé par le tourbillon du travail lors de la crise économique de 2008, il s'est retrouvé à s'envoler dans l'espace et à vivre de grandes aventures pendant des réunions ennuyeuses.

Finalement, après avoir consacré du temps aux podcasts, aux scénarios, aux nouvelles et à d'autres romans, il a trouvé une histoire dans laquelle il pouvait se plonger et une distribution de personnages à la fois divertissants et pleins de cœur.

A.R. Knight prévoit de sauter vers d'autres mondes et de découvrir de nouvelles histoires à raconter dans les frontières illimitées de notre imagination.

Merci, comme toujours, de nous lire !

Pour plus d'informations :
www.blackkeybooks.com

À Joel

9 798888 582138